O que existe

Sara Torres

O que existe

TRADUÇÃO
Silvia Massimini Felix

autêntica contemporânea

Título original: *Lo que hay*

EDITORAS RESPONSÁVEIS
Ana Elisa Ribeiro
Rafaela Lamas

PREPARAÇÃO
Sonia Junqueira

REVISÃO
Marina Guedes

CAPA
Cristina Gu

FOTOGRAFIA DE CAPA
Mónica Egido

DIAGRAMAÇÃO
Waldênia Alvarenga

Dados Internacionais de Catalogação na Publicação (CIP)
(Câmara Brasileira do Livro, SP, Brasil)

Torres, Sara
O que existe / Sara Torres ; tradução Silvia Massimini Felix. -- 1. ed. -- Belo Horizonte, MG : Autêntica Contemporânea, 2024.

Título original: Lo que hay

ISBN 978-65-5928-454-2

1. Ficção espanhola I. Título.

24-216254 CDD-863

Índices para catálogo sistemático:
1. Ficção : Literatura espanhola 863

Cibele Maria Dias - Bibliotecária - CRB-8/9427

A **AUTÊNTICA CONTEMPORÂNEA** É UMA EDITORA DO **GRUPO AUTÊNTICA** 

Belo Horizonte
Rua Carlos Turner, 420
Silveira . 31140-520
Belo Horizonte . MG
Tel.: (55 31) 3465 4500

São Paulo
Av. Paulista, 2.073 . Conjunto Nacional
Horsa I . Salas 404-406 . Bela Vista
01311-940 . São Paulo . SP
Tel.: (55 11) 3034 4468

www.grupoautentica.com.br
SAC: atendimentoleitor@grupoautentica.com.br

Para mamãe, que, cansada de a filha
escrever poemas "que ninguém entendia",
me perguntava a cada novo encontro:
"Quando é que sai o best-seller?".

Minha mãe tinha feito com caneta um X na frente do
cartão-postal e escrito X é onde eu estou. [...]
É esse X que mais me toca agora, sua mão segurando a caneta,
pressionando sobre o cartão-postal, marcando onde estava para
que eu pudesse encontrá-la.
Deborah Levy, *O custo de vida*

Potser només l'amor que ha tingut origen en una
passió i ha aconseguit remuntar-la per ser arriba
a esdevenir això que anomeno amor-diamant.
Maria-Mercè Marçal, *El senyal de la pèrdua*

Enquanto mamãe morria, eu estava fazendo amor. A imagem me assombra e me perturba. Minha mãe estava partindo e eu me agarrava a algo fora de controle, que persiste quando o que mais amamos, o que nos é mais familiar, começa a se suspender e já está quase nos abandonando.

Ela em cima de mim, as coxas úmidas pressionadas contra meus quadris e a mão ali dentro, forçando. Seu corpo todo empurrando enquanto um seio se apoia na minha boca, que o recebe. Ela geme baixinho, mesmo que o quarto mais próximo esteja vazio e ninguém possa ouvi-la. Do corredor principal, vimos a porta aberta do quarto ao lado e a cama perfeitamente arrumada. Estamos quase sozinhas, por acaso parece que ninguém está hospedado aqui hoje, mas, se dependesse de mim, eu teria fechado todo o andar só para ouvi-la gritar apenas uma vez, um grito potente. Olho para seu ventre macio, o peito redondo e caprichoso, os olhos verdes. Minha mão é dura com Ela e é flexível: se a esquerda segura suas coxas, a direita espera suavemente do lado para entrar nela mais uma vez quase de surpresa. Sou rápida fora e sou rápida dentro, mas, mesmo assim, não importa quanto ritmo e vibração eu imponha, não consigo aquele início de choro animal que anuncia que Ela chegou ao limite entre o que quer e o que pode aguentar.

Eu me faço forte apenas sobre o corpo dela. Os músculos adormecidos despertam, nunca me canso. Também sou uma menina que colhia flores e chegava em casa com o vestido sem uma prega e a tiara bem-arrumada na cabeça. Nunca subi em árvores, nunca brinquei de bola. Nas montanhas, não levava a égua em que eu trotava para saltar, incitando-a, nem pedia mais. Negociava sua ansiedade com músicas e sussurros, dizendo baixinho, "calma", "tranquila", "calminha", "vamos lá". Nos esportes, sempre protegi a cabeça com as mãos, queria menos. Ela, no entanto, pede ostensivamente e depois recua. Pede com os olhos arregalados, dá ordens. Sempre quer mais do que pode desfrutar, é atraída para o espetáculo, mas o contato a perturba. Eu a levanto nos braços, solto-a para que se sinta caindo, Ela se apoia a cavalo sobre mim. Eu amo essa imagem vista de baixo. Quem já observou uma mulher dessa posição sabe o que quero dizer.

Quero dar o que Ela procura, embora suspeite que tenha pouco a ver com o que posso fazer agora. Falar com seu corpo não funciona; nos conectamos com desejos desesperados, não nos entendemos. Agora que, ainda dentro, fico quieta por um segundo, Ela parece exausta, procurando por si mesma entre movimentos cada vez mais amplos e tristes. O olhar redondo se contrai, Ela não dá mais ordens, começa a se afastar e isso me assusta. Então eu gentilmente a tiro de cima de mim e a acomodo entre os lençóis para pôr minha boca sobre Ela e deixá-la se render agora, que goze deixando-me fazer o que eu sei. É aí que sou mais parecida com um retrato de mim mesma. Minha fome cega: os olhos fechados tocando por dentro e a boca cheia, veloz, suave. Aprendi muito cedo por puro desejo, por puro fascínio de vê-las encolherem e expirarem numa convulsão que sempre, uma vez atrás da outra, parece ser a única coisa que me importa na vida.

Contra mim, vejo surgir no final o grito postergado como que relutantemente. Ela o vinha guardando com zelo, para não se entregar por completo. Olha para mim, tensionando o músculo sob as sobrancelhas. Não quer que suas contrações marquem o fim da noite e que eu possa me entregar ao sono por umas poucas horas antes de pegar um voo que me leve até minha mãe.

Tenho vinte e oito anos. Quando ela foi diagnosticada com câncer de mama, aos quarenta e três, eu tinha dezoito. Naquela idade, eu não podia aceitar que pudesse morrer. Minha mãe era tudo. Todos os significados da minha vida estavam associados ou influenciados por aquele corpo. Saber que ela era vulnerável me fez sentir que eu também começava a terminar. Mamãe tinha sido o animal mais perfeito: a mais bela, a mais inteligente e forte. Eu perseguia esse rastro, ou me deixava cegar, e então ficava frustrada com o poder absoluto da sua vontade. Como a palavra de Deus, sua vontade governava o mundo. Se, sendo tão jovem, o câncer destroçava tal força; sua filha, mais fraca, teria poucas chances de sobreviver aos embates da vida. Essa era minha lógica depois do primeiro diagnóstico, e continua sendo. As formas como uma filha se identifica com o corpo da mãe são misteriosas.

Na manhã de 6 de dezembro, dia em que minha mãe morreu em Gijón, na casa da minha avó, junto a seus irmãos e seus objetos costumeiros, eu amanhecia naquele quarto de hotel em Barcelona. Os olhos abertos e o coração sobressaltado por causa do alarme no meu telefone anunciando a partida do meu voo em apenas quatro horas. Eu amanhecia sob um enfeite exagerado, uma grande escultura branca em forma de coral que servia de cabeceira. Presidia a decoração de um quarto vermelho que interpretava à sua maneira algum sonho de arquitetura japonesa. Do meu lado esquerdo, o corpo dela murmurou um gemido suave, sonolento, contra o travesseiro. Olhei para a pequena curva do nariz e das pálpebras e achei estranho o privilégio da intimidade compartilhada. Finalmente Ela havia se entregado a um doce sonho, não restava na sua testa nem um traço de frustração. Só então pude estender a mão e acariciar seus lábios. O toque era possível, naquele momento, e seria bem-vindo. Tudo está vívido agora, lembro-me do seu rosto sonolento naqueles dias. Havia algo de belo e infantil naquele rosto, uma lentidão que anunciava a profundidade do seu repouso aliada à vontade de não perder um segundo da nudez das duas antes da minha partida.

Minha mãe tinha sofrido uma recidiva do câncer. A terceira em dez anos, mas nenhum exame médico confirmava aquilo e ainda não tínhamos plena certeza. Quando, numa visita, descobri sua magreza perturbadora, imaginei o que poderia estar acontecendo e comecei a viajar de Barcelona às Astúrias nos fins de semana para vê-la na casa da minha avó, onde morava desde que se separara do meu pai. Durante a semana eu voltava à Catalunha para dar aula de Literatura Comparada na universidade. Essas viagens não duraram muito, pouco mais de um mês. Não sei quanto tempo eu teria aguentado, mas de forma obstinada eu queria que durasse, que eu tivesse tempo para viver em detalhes o que estava acontecendo. Poucas vezes consegui respirar sob tanta pressão: tinha um novo emprego, uma tese de doutorado para terminar e uma companheira ainda morando em Londres, cidade da qual eu tinha me mudado em setembro daquele ano.

Sozinha, em Barcelona, não conseguia descansar. Acordava de hora em hora, e às cinco da manhã já estava desperta pelo resto do dia. Para tentar dormir, em algumas noites alugava quartos de hotel. Em dois meses, gastei todas as minhas economias.

Meus gestos de prodigalidade eram uma mescla peculiar entre a sobrevivência mais elementar e o luxo. Os quartos de hotel são uma espécie de cela monástica onde a solidão e a vida em comum se ordenam sob a rotina do banho quente, da toalha limpa, do café da manhã depois das sete e antes das onze. Identidade e passado se diluíam ali e, protegida, eu também podia desejar sem me sentir muito culpada, rir de maneira inocente, me permitir o esnobismo e a alegria. Na tarde de 5 de dezembro, entrei num hotel boutique no centro de Barcelona e dormi fora de hora, precisando daquilo. O cansaço acumulado muitas vezes me provocava aumentos repentinos de temperatura, fazia minhas bochechas queimarem. Coberta de camadas de branco – o roupão, o lençol e o edredom –, acelerava também o descanso, impaciente pela chegada dela.

Ela tinha ido à ópera com um parente para ouvir uma peça de verismo, embora tenha saído no intervalo e perdido a segunda parte, *Pagliacci*. Eu cochilava e esperava por Ela; no dia seguinte, viajaria para ver mamãe. Estava receosa e, ao mesmo tempo, anestesiada por uma ternura brutal. Em relação a Ela, em relação a mamãe? Em relação a ambas. Sob o roupão, sentia meu estômago, não sei se estava cheio de borboletas ou de um ácido capaz de corroer suas paredes. Sentia-o o tempo todo, inflamado, presente, como duplamente atacado: primeiro, pela angústia daquelas horas sem minha mãe, muito distante do que lhe acontecia; depois, pela impaciência que acompanha os momentos que antecedem a chegada de uma amante, quando o desejo é agudo. Em meio à maior dor, eu estava vivendo um daqueles momentos quase impossíveis, quando o desejo está em dois corpos por igual. Evento de paixões que se sincronizam.

Eram onze e meia da noite. Ela chegou vestida com um terno escuro, com os cabelos curtos e loiros caindo sobre as lapelas do paletó. Lembro-me de ter me perguntado se teria se vestido assim para ir à ópera ou para me ver. Ainda de terno, sentou-se no meu colo, sobre meu roupão, na beirada da cama. Tinha uma facilidade surpreendente para em poucos segundos estar sentada sobre mim. As roupas de rua e as de interior se encontravam: lã escura e algodão branco listrado, os tecidos combinavam com certa violência. Naquela noite eu queria ouvi-la contar alguma história. Não tinha forças para falar, estava retraída pelo medo de encontrar minha mãe ainda mais magra do que da última vez, sem conseguir mais andar ou ir ao banheiro sozinha.

Mas Ela era linda e naquela noite não trazia nenhuma dor consigo. Então eu queria ser a melhor companhia. Tirei algumas cervejas do frigobar e pedi ao serviço de quarto uma porção de atum e caviar vermelho, um pouco de macarrão udon e uma salada de algas. Tudo chegou rápido, numa bandeja larga, pesada e polida, que refletia a comida nada abundante até multiplicá-la.

Guardo uma imagem serena dela de pé, garrafinha na mão, em frente à cama meio desarrumada onde me deitei de novo. Fala e ri, gesticulando com os olhos verdes, enormes e arregalados. Faz o gesto de abri-los muito, de repente, quando eu comento algo que Ela não espera. Gostaria de manter intacta sua alegria, nesse instante em que, tenho certeza, a qualquer momento Ela se cansará de falar e me procurará com as mãos sob o pedaço de algodão com o nome do hotel bordado em letras azuis. Ela não jantou e não está interessada em jantar, mal enfiou um pedaço de atum na boca e não sabe o motivo, mas acha que, quando se trata de paixão, é um requisito ter pressa.

Por acaso, eu ouviria *Pagliacci* com meu pai em Oviedo um mês depois, quando já não podia telefonar a Ela para dizer: que coincidência, outra coincidência, terminei o que você começou, o que tocou no Liceu quando você não podia ouvir porque já estava subindo a rua para me encontrar. Na ópera, os amigos do papai me trataram com um misto de curiosidade e prudência. Eles se mostravam respeitosos enquanto brilhavam nos seus trajes. Minha mãe havia morrido algumas semanas antes, e eu estava com um vestido de veludo preto, sustentando nos lóbulos pequenos brincos de ouro e pérolas que haviam sido dela, e com o olhar perdido pelos assentos, procurando entre as pessoas. Tudo me parecia uma ficção, e entre as coisas irreais eu mesma era a mais estranha.

Atuar! O importante é atuar. Enquanto estou nesse delírio, já não sei o que digo nem o que faço! No entanto, é necessário... Faça um esforço! Ah! Por acaso você é um homem? Você é um palhaço! Ponha a roupa e pinte o rosto. As pessoas pagam e aqui querem rir. Ria, Sara, e você será aplaudida. Transforme em riso o espasmo e o choro.

Estou tentando contar a história de uma dupla perda, uma dor dupla que agora se mistura em mim. O luto é um processo em que há espaço para o desejo: Ela é o outro lado do meu, aquele que pouca gente conhece. Sua presença agitada e doce me sustentou naqueles dias, a chegada a uma nova cidade, o último estágio da doença da minha mãe; depois, foi embora. Para tentar entender, a mente volta várias vezes àquele quarto de hotel e também à casa dela, onde passei alguns dias depois do funeral. Não a vi desde então.

É assim que as coisas estão hoje. Não posso falar com mamãe, muito menos com Ela. Minha vida foi suspensa com a interrupção dessas duas conversas.

UM

São oito da manhã. A luz entra debilmente pelas cortinas que caem até tocarem o piso de cerâmica azul-noite. Tento andar pelo quarto sem acender a luz para que não nos atinja, buscando um pouco às cegas os diferentes objetos que tenho de levar comigo. Num equilíbrio difícil, entro nas calças pretas de cintura alta, e uma voz de criança sonolenta me diz que elas ficam muito bem em mim. Não vou confessar que é uma das peças que comprei nas últimas semanas, com o objetivo de trazer algo novo para os nossos encontros. Ser alguém diferente para Ela, alguém que nenhuma outra tenha tocado ou visto antes. Volto-me para onde está, a luz fraca ilumina a cama, marca uma linha curva a poucos centímetros do seu corpo nu sobre a colcha. De bruços, atravessa a largura do colchão de ponta a ponta e se abraça a uma almofada verde-esmeralda, onde também apoia a cabeça. A fluência arrogante da cor escurece seus olhos, tornando-os de um verde semelhante ao das costas de um réptil. Mal os abre. Dormiu pouco, quer que tomemos café da manhã juntas, que me deite sobre Ela com minha calça preta antes de partir.

Eu me inclino na escrivaninha encostada à parede para pôr as meias. Sinto uma leve pontada de angústia no abdômen, atenuada pela visão da linha das suas costas e dos braços estendidos. Abre o olho esquerdo e mantém o direito fechado. O gesto é de puro cansaço, mas, como sorri ao mesmo tempo, parece uma piscadinha. "Você adora olhar, hein?" O tom da sua pergunta é desafiador, embora permaneça suave. "Você já viu o suficiente. Também pode me tocar, não pode?"

Sento-me no canto da cama e rodeio seu tornozelo com a mão. Um corpo que se sustenta a si mesmo, penso, notando a alegria dos músculos das pernas se espreguiçando sobre a colcha. É dia 6 de dezembro de 2019. Estamos há apenas dois meses nos encontrando gulosamente em diferentes casas, cafés, quartos de hotel. Eu a conheci numa intimidade acelerada, mas não sei muito bem o que Ela pensa de tudo isso. Acima de tudo, não sei o que eu penso. Alguns dias, penso que nossa união no sexo gera um rastro de romantismo onde não é possível discernir se o que estamos sentindo se sustentaria durante uma única semana se não houvesse essa conexão. Em geral, apesar de haver quem ainda não tenha percebido, uma boa foda nos deixa felizes. Trepar gostoso várias horas por dia, todos os dias, nos torna leves, otimistas e até benevolentes.

É uma agonia ter de sair agora para chegar ao aeroporto a tempo, pois não posso perder o avião e ao mesmo tempo parece um sacrifício selvagem e absurdo me separar da sua pele tépida. Se não fosse por mamãe, pela preocupação com mamãe, que estanca poças de água preta na paisagem, eu jamais escolheria sair do quarto antes que, ao meio-dia, uma voz correta e condescendente da recepção nos telefonasse para nos lembrar que nosso tempo se esgotou.

Com as pontas dos dedos acariciando a redondeza do seu peito, tento lembrar como nos conhecemos. Talvez eu esteja procurando a confirmação de que o que estamos vivendo é importante. Uma noite, num pequeno bar de El Raval, Ela veio à minha mesa, onde eu estava conversando com Anna, uma amiga que antes tinha sido minha amante.

Ela a cumprimentou primeiro, respeitando os rituais, e depois soltou para mim: "Outro dia, conversando com Dani, fiquei sabendo que você acabou de se mudar para Barcelona; se precisar de alguma coisa, aqui está meu telefone". Nunca tinha levado tão pouco tempo para receber um número. "Do que Ela acha que você vai precisar?", Anna ironizou depois. "Não perde tempo, a criatura, mas quantos anos tem, quinze?" "Deve ter mais... Mas está dizendo isso num tom amável, né? Para me mostrar a cidade." "Sara, a gente já te mostrou a cidade." Não era a primeira vez que a via, mas foi a primeira vez que Ela ficou na minha frente.

Semanas depois, numa das noites de outubro em que as ruas queimaram em sinal de protesto, nos encontramos de novo. Ela me convidou para um pequeno apartamento perto do MACBA, onde suas irmãs mais novas e várias amigas bebiam enquanto assistiam aos noticiários com a imagem dos contêineres alimentando as chamas na rua ao lado. Eu tinha levado uma garrafa de vinho, que foi aberta e acabou sem que percebêssemos. Não conhecia ninguém lá, mas de alguma forma era natural, sendo uma recém-chegada, compartilhar qualquer coisa. Naquela noite, falei sobre muitos temas, sem medir minhas palavras ou pensar que poderia ser prudente medi-las. Desde o novo emprego na universidade até o plano de me mudar com minha parceira. Ela me olhava nos olhos com insistência, como se tentasse me entender. Enchia minha taça de vinho, cuidava de mim. Quando suas irmãs foram embora, e aquelas que moravam na casa quiseram ir descansar, Ela me levou a um bar longo e estreito, com móveis americanos e luz de vidro pintado.

Sentou-se à minha frente com os joelhos afastados e um cotovelo apoiado na perna esquerda. Mostrava as palmas das mãos quando falava e me perguntou se eu estava feliz.

Me perguntou o que eu achava que poderia me fazer feliz. "Você tem que sonhar alto", disse Ela. "Devemos pedir à vida tudo o que queremos dela, insistir com ela, espremê-la." Eu a observava de longe, com uma paixão mais fraca, em todo caso uma paixão viva, mas direcionada para outras linguagens e outros ritmos. Estava brincando de fazer terapia comigo? Ela disse que talvez o que eu precisasse era que me amassem plenamente. Falou outras coisas de que eu não me lembro. O que Ela realmente queria? Desejava saber se eu poderia lhe dar o que estava procurando. Ao mesmo tempo, era capaz de reconhecer que uma paixão ampla e insatisfeita nos irmanava.

Sinto-a na boca como se fosse meu próprio corpo entrando em transe. Não vou conseguir explicar esse sentimento para ninguém sem soar boba, mística ou simplesmente exagerada. Claro, prolongo o momento antes de sair do quarto do hotel. Despedimo-nos várias vezes, com os abajures apagados e o sol projetando feixes perpendiculares de luz. Ela tem uma marca de cor escarlate brilhante em forma de ilhota no ombro esquerdo, acima da clavícula. Usa no pescoço uma corrente de ouro com uma cruz egípcia e a primeira letra do seu nome, com um pequeno brilhante engastado. Algo não se encaixa, estou surpresa com o brilho da pedrinha contra o ouro e sobre a pele. Mas não sou capaz de refletir sobre o que vejo ou ouço, só posso me sentir unida àquele pescoço como se meu pulso também se expressasse nele.

Na recepção, pago a conta e acrescento um café da manhã. "Para quem?", perguntam. "Para a moça, que vai dormir mais algumas horas." As duas recepcionistas adoram o gesto. Sorriem com alguma emoção. Me garantem muito educadamente que a senhorita terá tudo à sua disposição sem qualquer cobrança quando descer. Pedem um táxi, e o motorista me ajuda com a mala de mão. É amável a energia de todas as pessoas com quem eu cruzo naquela manhã. Também no aeroporto. Depois recebo uma mensagem da minha tia que me diz que vai me buscar de carro quando eu aterrissar nas Astúrias. É reconfortante que eu não tenha de esperar o ônibus, assim chegarei mais cedo.

Não sei se mamãe se foi justo naquele momento, enquanto eu caminhava pelos corredores do El Prat procurando meu portão de embarque. Ou mais tarde, quando eu estava voando. Não quis calcular as horas. Não quis perguntar. Assim que pousamos, ainda na cabine, meu pai me deu a notícia por telefone. Gritei e respondi chorando, acho que alto demais para um espaço tão pequeno e cheio de gente. Não me lembro da minha voz, mas sim que saiu estranha, como de outro mundo. Os passageiros estavam ocupados pegando suas bagagens em ambos os lados do corredor para ir em direção à saída e, portanto, ninguém olhou. Ou alguém o fez fugazmente e desviou o olhar, com pudor. Eu também não sei o que significou para meu pai dar aquele telefonema. Seja o que foi que ele disse, comunicou-o como um profissional. Já fazia alguns anos que meus pais nem se cumprimentavam na rua. Sua voz era pausada e me protegia. Eu não conseguia entender aquela piada, a pontualidade da cena. Eu estava chegando, ia ficar com ela. Estava quase chegando.

"Fazia dias que mamãe tinha começado a morrer e eu estava fazendo amor", penso enquanto minha tia me leva do aeroporto à casa da minha avó, para que todos possamos sair juntos para o velório. Minha avó, os três irmãos da minha mãe e eu. No caminho, tento não perguntar se a morte da mamãe se precipitou depois que os cuidados paliativos foram dados na manhã anterior. Tento não cometer o erro de procurar uma explicação ou um culpado. Também não devo me sentir culpada por ter passado a noite sustentando um corpo vivo, recém-despertado para o mundo, e não o da minha mãe.

"Ela já tinha parado de falar", diz minha tia, olhando para a estrada com olhos rosados por trás dos óculos. Os cuidadores paliativos chegaram em casa para trazer uma cama especial, ela colaborou na passagem de uma cama para a outra. Depois a sedaram, disseram que lhe ministravam o suficiente para que não sentisse dor; vinham vários feriados pela frente e poderia haver menos serviço se surgisse uma emergência. Ela sempre gostou de dormir e considerava essa parte, sem dúvida, a melhor da vida, então acredito quando minha tia me diz que, sedada, estava plácida, no seu ambiente. Eu a imagino quase na mesma posição que da última vez que a vi, quando sua cabeça, no travesseiro, parecia minúscula, brilhante e angulosa como um cântaro de cerâmica escura. Minha tia conta que, assim que recebeu sedação, mamãe não voltou a dizer uma palavra e passou uma tarde e uma noite mal se mexendo. Ficou relaxada, relaxou sua vontade. Parou de fazer aquele gesto nervoso com as mãos para arrumar a bainha do lençol do jeito que gostava.

Na manhã seguinte, talvez quando eu estava saindo de um hotel no centro de Barcelona e enfiando minha mala num táxi a caminho do aeroporto, notaram algo estranho na respiração da minha mãe. Sua irmã mais nova, que hoje é a mais alta e dirige o carro da família, soube manter a calma, ficar tranquila, respeitar o momento. Mamãe ficava irritada com o movimento das pessoas ao seu redor. Quando criança, naquele mesmo quarto, minha tia recebia muitas broncas quando começava a falar enquanto a mais velha estudava ou lia. Então, ela ativou sua memória de irmã mais nova disciplinada: mansa, a serviço da minha mãe, ela permaneceu em silêncio, acariciou seu rosto lentamente e a encorajou a deixar-se ir.

Enquanto ouço a voz da minha tia desenhando o relato amável dos últimos minutos da mamãe, me pergunto se ela está contando o que eu preciso ouvir. Poderia haver partes violentas omitidas. Por exemplo, a presença de alguém que interrompe a calma do momento e entra no quarto levantando a voz, gritando de angústia. Talvez um último gesto de negação ou pânico no rosto de alguém que se encontra entre a dimensão da terra e do nada, já desconfortável no mundo de sempre, mas ainda fazendo parte dele. Será que mamãe se lembrava, quando a sedaram, de que eu estava a caminho? Ela queria me esperar e as drogas a impediram?

Por que ela me esperaria?

Porque nós duas nos amávamos de uma forma muito intensa e obscura.

O obscuro não tem necessariamente conotações negativas, é o sedimento, a densidade do viscoso que se deposita no fundo quando é muito vivido. Lama e detritos orgânicos sobre os quais é difícil andar com o pé descalço, mas de que a larva necessita para cavar seu covil. Acho que os amores mais intensos, que existem através dos anos, se parecem mais com um lodaçal – às vezes sombrio, às vezes queimado pela luz – do que com qualquer outra coisa. No entanto, fantasiamos com a pureza, a constante doação de afeto sem ambiguidade nem conflito.

Afasto o olhar da estrada e dos sinais de trânsito e pouso-o nos meus próprios joelhos, à procura de um ponto de sustentação. Descubro toda uma colmeia de fiozinhos brancos que tenho de remover beliscando o tecido das calças. Quando minha tia entra na estrada que leva ao centro da cidade da minha infância, lamento a sobriedade da roupa, todas as suas rugas e partículas de poeira. Estou exausta, atordoada, ensaiando na mente cenários cheios de possíveis repertórios de ações. O que se espera de uma filha? Hoje gostaria de me despedir da minha mãe vestida com o vermelho das romãs. Que estivéssemos sozinhas. Que não houvesse mais ninguém.

Estacionamos de qualquer jeito numa vaga reservada aos funcionários da prefeitura. Pego minha mala e entramos juntas na casa de família. Estou me preparando para o impacto, a visão insuportável, mas minha tia me informa que também estou atrasada para aquela dor, já levaram "o corpo". Por que tão rápido? O corpo não é qualquer coisa. Não é só uma casca.

"Ela não estava mais lá": essa é a primeira coisa que minha avó diz, alisando o tecido da sua blusa, dando conforto à roupa e às mãos. Preenche com fé religiosa o vazio deixado pela ausência de corpo. Procuro algo que também me corresponde: a pele da minha mãe, um ponto de pertencimento, horror e angústia.

Embora eu não tenha certeza de como fazê-lo, me aproximo lentamente da minha avó, observando sua reação. Nos abraçamos na cozinha. Há distância no seu abraço, entre a dor e a fúria. Eu me retraio, desapareço diante da jurisdição de uma mãe de quase oitenta anos que perde sua filha doente, de quem quis cuidar como uma fêmea jovem alimenta com vigor uma recém-nascida. Sua testa bate na altura da minha clavícula quando passo os braços em torno dela. Reconheço as manchas do seu pescoço, entrelaçadas a uma corrente de ouro com uma rã de lápis-lazúli no meio, o pingente de que eu mais gostava quando era pequena, e que às vezes aparecia junto as duas outras rãs azuis pressionadas nos seus lóbulos. É sólida e pujante e sustenta a casa. Ser sua neta, ter aparecido na sua família como o primeiro bebê da filha mais velha, foi ter me criado na ideia vívida de que nosso lugar existe, sem perigo nem necessidade de justificativa, entre as pessoas que nos amam.

Mesmo assim, também volto para a casa dela, o único lugar que não mudou, como a estrangeira. Atravesso a cozinha passando por elas e ando pelo corredor até o quarto da mamãe. Para encontrá-la, já percorri esse caminho muitas vezes. Ela voltou depois de se separar do meu pai. Convivia com o câncer havia muitos anos, mas os tratamentos mantinham a metástase adormecida. Mamãe planejava cuidar da minha avó dentro de alguns anos, quando ela precisasse. "O que sua avó não sabe", ela me disse uma vez depois de discutirem por algum problema de convivência, "é que eu vou cuidar dela." Tudo isso era permitido na minha família. Amar e falar com dureza. Ser leal através do tempo e lançar a ironia mais ácida em qualquer contexto social, rodeadas de estranhos. Minha mãe envolvia seu amor num tom irônico e sua vulnerabilidade numa espécie de elegância entremesclada com orgulho.

O corpo não está lá, mas não desisto de procurar o que me pertence. Chegaria até às cegas ao seu quarto porque foi marcado com seu cheiro e com seu hálito quente. A cama vazia não me surpreende. Busco-a enfiando o rosto no seu travesseiro e a encontro, nos encontramos. Minha mãe, seu último cheiro. Não estou poetizando, não é uma metáfora. O cheiro numa perda catastrófica é um impacto pela via dos sentidos.

Meu olfato se aguçou e todas as informações sobre os últimos três dias da sua vida podem ser reunidas naquele gesto contra o travesseiro: os rituais de higiene que ela manteve com disciplina, o hálito e a respiração entrecortada no fim. A vida que decai em direção ao amarelado, ao verde: cores na tela branca onde repousa o rosto do doente terminal. Fico olhando para um canto da cabeceira, onde um vermelho-escuro de sangue seco aparece como uma pequena chama dividindo o céu do lençol. "É um pouco de sangue que saiu quando coloquei o acesso para a sedação", disse minha tia mais tarde. Não vou perguntar, vou tentar não procurar culpados, e vou tentar não me sentir culpada, eu que já entrei naquela casa protegida pelo ar e pelo arrebatamento que vem com uma nova paixão, nascida fora do tempo.

Estou desorientada e, mesmo assim, sei que tenho de viver com urgência certas coisas. Procuro no armário as roupas que ela usava nos últimos tempos e peço para minha avó não lavá-las. Encontro o suéter azul de gola alta que ela vestia nos últimos dias que passamos juntas. Protegia meu olhar da sua magreza. Fiquei grata por não ter visto suas novas formas quando a encontrei na cama coberta pelo tecido grosso. Oferecia uma trégua, mediava a experiência traumática da imagem da mamãe. Uma imagem que sofreu uma mudança demasiado rápida: era toda a estrutura óssea, uma membrana de pele e o suéter azul. Foi um choque. O medo da fragilidade da vida projetado na sua magreza. Passado o impacto, me aproximei do corpo dela. Me familiarizei com o corpo dela. Amei essa imagem.

Há muitas maneiras de morrer. Acho que ela desapareceu em meditação, como os ascetas. A solidão havia sido seu caminho de conhecimento, embora tenha morrido rodeada pela família, na cama da sua infância. Com a mãe cuidando dela e a irmã mais nova olhando para seu rosto. Morrer assim é um pouco morrer como uma criança. Ela era uma criança, também.

As vozes na cozinha estão começando a ficar impacientes, alguém pergunta por mim, é preciso ir para a funerária. Tudo parece imaginário. A pressa, os rituais fúnebres, até a própria morte. Minha mãe está viva porque meu olfato, desperto, a encontra. Depois sigo as orientações: vários minutos de viagem, silêncio. Deixo-me arrastar até o espaço que alugamos para velar um féretro de madeira atrás de uma janela de vidro. As pessoas e os lírios-brancos começam a chegar. Semanas antes, eu tinha trazido para ela margaridas escarlates.

Ao lado da porta da sala há uma tela digital. O nome da minha mãe está escrito ali: María Teresa Rodríguez de Castro. Há algo muito real na escrita do seu nome, sinto uma dor aguda, parecida com cólica, na altura dos rins. Imediatamente, um homem na casa dos cinquenta anos, robusto, com cabelos grisalhos, barba espessa e sapatos náuticos se aproxima para bloquear o choro soluçado que me irrompe ao encontrar mamãe em letras brancas sobre um fundo preto. Esse homem diz algo como eu tenho que ser forte, agora não é hora de chorar, tenho de manter a compostura para não chatear o resto da minha família.

Alguém me dita regras às portas da sala onde o corpo, que não importa a ninguém, espera pelo fogo num tanque de exibição, asséptico. Um lugar sem o cheiro da minha mãe, que não consigo mais sentir.

D. escreve de Londres com urgência, mas de repente Londres está muito longe, parece um cartão-postal ou uma história inacreditável. Tento responder com alguma sincronicidade, quero que ela se sinta parte do que está acontecendo. Ela nunca me escreve com essa insistência, a menos que receie um distanciamento da minha parte. Não gosta de usar o telefone, sente-se cerceada por ele, mas faz dias que está angustiada por não estar junto a mim, por continuar na Inglaterra e não ter se mudado comigo. Não é culpa dela, quem poderia ter previsto qualquer coisa? Nós duas decidimos assim, para que ela tivesse tempo de resolver suas coisas, sua casa, continuar mais alguns meses no seu trabalho. Agora D. e eu sabemos que não foi uma boa ideia, embora ainda não tenhamos dito uma à outra.

Estamos juntas nos planos para o futuro. No presente me sinto sozinha no fracasso, e interpreto esse sentimento de profunda solidão como uma verdade que ultrapassa qualquer companhia. Mamãe costumava dizer: "Estamos sempre sós", "Quando você está mal, está sempre sozinha". Talvez ela tenha me dito isso muitas vezes. Tantas que cresci com essa desconfiança.

No entanto, confiei em D. como nunca. Sua figura forte – a expressão dos seus olhos azuis esbugalhados, seu corpo salpicado de sardas claras – não a faz parecer humana. Pensei, quando me apaixonei, que ela poderia me amar como um jogo, um sonho, uma alucinação. Longe dos dilemas e da vontade de poder das pessoas, do medo do abandono ou do declínio do corpo. Fantasiava que dela receberia a alegria e a lealdade de um cão, a brincadeira extasiada dos talinhos verdes com as gotas de orvalho. Continuo pensando nisso, embora me machuque o modo como ela parece me considerar como algo certo, se esquecer de mim quando estou com ela e só se aproximar quando sente que estou me afastando. Se eu me entrego completamente, meu todo lhe é indigesto, tenta contorná-lo com ternura, embora seja demais para ela, que também é apaixonada pelo mar, pelos besouros-pretos no campo, pelos caniços deformados no artesanato, pelas cobras-d'água, pelo calendário de exposições da Tate Modern.

Enquanto meus tios rodeiam minha avó, sento-me e escrevo para ela:

> "Sim, estou bem. Não se preocupe, não há pressa, venha quando puder. É uma questão de passar os rituais. Não tive tempo... Não cheguei a tempo de nada além de sentir o cheiro dela. Acho que é o suficiente. Ela poderia ter preferido que eu não vivesse aquela imagem final e o cheiro fosse algo mais verdadeiro. Lá ela estava viva, a única forma na qual uma mãe pode estar. Ou qualquer pessoa. Quer saber? Alguns dias atrás eu tive um sonho e no fim não era um sonho horrível. Eu queria te contar isso porque sei que você adoraria estar lá, quero dizer, naquele lugar. Era uma vila em que as pessoas não tinham cozinha em casa. Não sei como chegávamos até lá e entrávamos numa sala, 'a sala dos fornos'. Estava um pouco escuro ali, e o ar parecia carregado de vapor quente. Era um quarto cheio de fogareiros e fogões de pedra, com cheiro de café e brasas. Mulheres de diferentes idades descascavam batatas, mexiam em panelas de ferro com grandes conchas e

punham cafeteiras italianas enegrecidas no fogo. Para voltar aos nossos quartos, saindo da sala de estar, tínhamos de atravessar um monte de vielas estreitas, semelhante à estrutura de pedra da Córdoba antiga. Num degrau em frente às portas de casa, as mulheres deixavam um vaso plantado e um prato fundo e, do lado de fora, a iluminação interna parecia vir de pequenas lamparinas a gás que mal iluminavam o que estava imediatamente ao seu alcance. Um vaso plantado e um prato fundo. Acho que tudo isso era você."

D. gosta da história do sonho, consegue acalmá-la.

"Venha com calma, esses são apenas os primeiros dias cheios de obrigações. Depois você e eu, um dia, estaremos juntas na Catalunha, e ali, sim, vou me curar de tudo o que restar. Vamos viajar para povoados costeiros nos nossos dias de folga, colher flores amarelas das margens da estradinha que dá na praia. Vamos celebrar Sant Jordi e às vezes você será o dragão e outras vezes um jovenzinho de armadura. Vamos inventar essa história outra vez, e outra vez."

Estou planejando quando e como vou me curar. A ferida está aí, mas ainda não senti a dor.

Comte-Sponville escreve que a angústia não é um estado da alma, mas um estado do corpo. Alguns a reconhecem como uma sensação de vazio na altura do esterno, uma espécie de febre fria acompanhada de uma falta de ar ou um encolhimento. Eu também percebo como a atividade do estômago e dos intestinos se detém, o corpo entra em estado de alerta, interrompe a cavalgada da mente. Sem direção nem sentido, entro em contato com uma vulnerabilidade total. Corpo e mente se aceleram e se tornam caóticos, procuram uma nova organização que seja capaz de oferecer um refúgio.

Para acalmar a angústia, é natural buscar respostas totais, soluções imediatas: o que ou em quem eu acredito que será capaz de me proteger? Existe alguém que me ame incondicionalmente? Tanto que, achando-me avariada e perdida, só posso responder com a máxima doçura, sem olhar, sem julgamento. Seus olhos enterrados nas mãos.

Às vezes parece que medo e amor são a mesma coisa. Quando amamos com paixão e somos correspondidas, de repente sentimos um medo insuportável de perder essa pessoa. A primeira vez que estive num relacionamento, fantasiava ansiosamente sobre a possibilidade de ela morrer, de nós duas morrermos. Tanta intensidade não podia durar, tanta beleza não podia durar. Talvez ela, depois de se despedir de mim após uma tarde juntas no parque, entrasse no carro e sofresse um acidente. Talvez eu adoecesse de uma enfermidade perturbadora e visse a rejeição nos seus olhos. Acho que é a angústia que gera a sensação de que amor e medo são a mesma coisa.

Comte-Sponville: "A angústia contém uma parte da verdade, mas nem toda". Quando a angústia não intervém para combater a possibilidade da perda, entendemos que o amor não é igual ao amado. Com a perda do amado, não se perde o amor. O amor é uma energia, um modo de relação. É por isso que aqueles que nos amam ansiosamente hoje, diante da possibilidade de nos perder, poderão amar alguém amanhã. Inclusive o amarão sem surpresa. Sem lembrar que um dia isso parecia impossível. Essa realidade é justa, mas sua ideia nos atormenta. Será que somos realmente o único objeto de amor para alguém?

Há pessoas que passam a vida sendo fiéis aos seus costumes e minimalistas com seus laços. Mamãe foi uma delas. Um dia, quando já tinha ficado sozinha na nossa casa de infância, ela me disse, olhando-me nos olhos: "Tive um marido, uma filha e um cachorro, e não vou repetir versões fajutas do que já vivi; também não vou procurar mais nada".

Sua tristeza se alçava com dignidade, mas também se tornava corrosiva e chegava até muito fundo. Um amor estancado na ausência: o marido, que se vai para sempre; a cachorra, arrastando tristemente seus quinze anos; a filha, no exterior. Ela jogava na nossa cara muitas coisas: o principal, que tivéssemos nos adaptado para sobreviver, que tivéssemos tirado nosso amor das paredes da casa para fazê-lo vibrar e se prender onde quer que fosse bem-vindo. Só a cachorra ficou na cozinha para morrer de velha entre seus braços. Papai e eu éramos diferentes, desejávamos a vida de uma forma que superava nossas crenças e nossa moral.

Só agora é que estou começando a entender minha mãe. Eu a entendo à medida que minha vida, embora distante na forma, se aproxima cada vez mais da dela.

DOIS

O que você pensaria de mim, mamãe, se me visse repetindo os gestos que já funcionaram antes: cada vez que mudo de cidade, cada vez que me sinto sozinha, fico com medo, ou quando a vida não parece interessante o suficiente. Quando eu for te ver, vou te contar sobre essa garota que acabei de conhecer, e você vai fazer uma cara debochada de leve desaprovação dizendo: "Já estou até vendo! Uma nova garota! Tenho certeza de que é a mais bonita, a mais inteligente, a mais maravilhosa! Você é viciada. Mas isso não vai resolver sua vida. O que você tem que fazer é aprender a ficar sozinha".

Mamãe, uma protoativista do *self-love*. Militante contra o amor Disney. Uma verdadeira desmancha-prazeres que, mesmo nos seus discursos mais queixosos, não deixa de ser sedutora. Ela me manda uma mensagem no WhatsApp para me lembrar de renovar a carta de habilitação que tirei obedecendo às suas ordens e por sua confiança no carro como meio de autonomia e independência. Respondo que justo naquele momento estou saindo para passar o fim de semana com uma amiga catalã que estuda teatro, mas não digo mais nada por medo de que a ironia dela me leve muito à sua "realidade" e eu não consiga mais aproveitar: "Uma amiga? Uma amiga-amiga ou você quer dizer OUTRA amiga daquelas?".

Ainda não sei, mami.

Queria levar apenas uma malinha com o mínimo para passar um fim de semana no campo e acabo enchendo uma maleta de mão com livros, lenços, sapatos para caminhada e trekking. Acho que é uma espécie de dever moral que seja uma bagagem aparentemente neutra, sem trajes de dia e de noite muito bonitos, sem roupas íntimas sedutoras ou perfumes. Respondi com um sonoro "sim" ao convite para sair da cidade e passar o fim de semana na casa dela. Não tenho expectativas, embora possa ter uma ligeira suspeita do que pode levar duas pessoas que compartilharam apenas uma longa noite de bebida e conversa – e um breve café dois dias depois – a irem juntas para o campo. Imagino, no entanto, que não estaremos sozinhas lá. Digo a mim mesma: tem de haver outra pessoa, uma irmã, uma amiga de infância, alguém.

Ela me dá as indicações exatas para sair da casa para a qual me mudei há apenas um mês, chegar à estação e pegar um trem que me tire da cidade e me leve a uma pequena vila perto de um parque natural. Ela é muito mais nova do que eu, por isso gosto particularmente da firmeza e gentileza com que dá as coordenadas. Permanece online, acessível enquanto sigo os passos. Responde na mesma hora às minhas perguntas: "É essa rua ou a outra?". Apesar dos seus esforços, perco o primeiro trem, e Ela é paciente. Me manda uma foto do mercado onde está. Aquele a que tínhamos planejado ir juntas antes do almoço. Na imagem é possível ver uma pequena rua decorada com guirlandas, ladeada por barracas de queijos e legumes.

Falta uma hora de trajeto, estou nervosa. Ela também. Não vou conseguir ler durante a hora de viagem, vamos escrever uma para a outra quase o tempo todo. Conversamos como se já estivéssemos nos afeiçoando, porque acho que é verdade que algo assim já acontece entre nós, embora não nos conheçamos *quase nada*. No entanto, estou confiante no entusiasmo com que Ela organiza nosso encontro. É por isso que estou indo com minha maleta neutra para o fim de semana, não é? Na perfumaria em Sants comprei-lhe um creme para o corpo. Uma daquelas marcas elegantes, mas não ostensivas, que minha avó usava. Eu não saberia entrar na casa dela sem levar um presente. O creme tem um cheiro doce e picante de limão. É um cheiro fresco, sem antecipação nem intenções. Nada a ver com o peso dos óleos essenciais de madeira de *oud*, sândalo e jasmim que passo nos pulsos e no pescoço. O peso desse perfume desequilibra minha bagagem neutra.

Penso nos traços do rosto que vou encontrar dentro de poucos minutos. Imagino a curva redonda do queixo, o nariz pequeno e os cabelos curtos e loiros. Muitos cílios traçando a linha dos olhos. As sobrancelhas escuras dando maior dureza aos olhos verdes. Verde-musgo? Não, mais claro, verde-floresta-de-árvore-nova. Há um gesto de menina corajosa nesse rosto que eu imagino. Certa tensão na mandíbula que não se assemelha aos gestos com que as mulheres costumam ser retratadas.

A primeira vez que a vi, Ela estava nos lagos de Londres com um grupo de amigas. Sentada na grama, ou melhor, deitada de costas com as pernas abertas e os cotovelos apoiados na grama. Estava vestindo a camiseta da Comme des Garçons, que eu encontraria em seu armário tempos depois, calças jeans manchadas de azinhavre, uma pochete cruzada sobre o peito e óculos escuros grandes demais para Ela. Brincava com uma bolinha, que jogava no ar e pegava sem precisar olhar ou interromper a conversa com outra moça de cabelos cacheados e pose ambígua, sentada à sua direita com a barriga ao sol. A primeira vez que vemos a pessoa que mais tarde vamos amar aparece em retrospectiva como o momento em que o mundo convulsionou e os dados caíram bem no número exato. Então, sim, acreditamos no destino, no espírito, na predestinação.

Eu sabia quem Ela era, uma amiga dos meus amigos, mas eu não teria me aproximado para cumprimentá-la. Sentia algo perigoso nessa aproximação, a possibilidade quase avassaladora de me sentir atraída, e também tinha certeza de que era muito jovem, muito Instagram e selfies em banheiros de estabelecimentos industriais onde os *fashion students* fazem festas e, portanto, talvez superficial, interessada principalmente em si mesma. O que eu poderia acrescentar a alguém assim? Tenho um total desinteresse por qualquer coisa que não seja ternura, e Ela parecia não ter tempo para isso.

Confirmo várias vezes que a parada é a próxima e levo alguns segundos para observar minha aparência no espelho da câmera frontal do telefone. O que eu vejo? O que Ela vai ver?

Uma mulher morena me devolve um olhar antiquado e, num gesto reflexo que já conheço, umedece a parte interna dos lábios com a língua. Usa óculos pretos, e seu cabelo está atrás das pequenas orelhas, que se inclinam ligeiramente para a frente por causa do peso. Os ombros são largos; e os braços, longos e esguios, cobertos de pelos claros; as axilas cobertas de pelos escuros. No dedo indicador da mão esquerda, um anel dourado e azul. No lóbulo esquerdo, a assimetria: uma única argola de ouro. Uma corrente fina cai perto de uma pinta, circundando o pescoço. Essa talvez seja eu. Vou ter que descer do trem com essa mesma aparência. Oferecer a voz calma de quem já viveu muitos encontros com mulheres remotamente conhecidas, muitos começos de amizades, relacionamentos, fins de semana de escapada para a praia ou para o campo. E ainda assim...

Temo sua rejeição, talvez porque, pela minha pouca ideia do que Ela pode estar procurando no mundo, eu ainda não entenda o que lhe interessa em mim. A conversa pode não fluir, em algum momento Ela pode perceber que não era uma boa ideia convidar uma desconhecida para a casa da sua mãe. Em breve descobrirei quem mais estará conosco. Imagino uma reunião de aspirantes a artistas de vinte anos e sorrio por dentro, sentindo-me, como sempre, uma espécie de velha glória antecipada, um exemplar eterno e excêntrico de jovem-velha que carrega seu corpo como uma basílica construída pela metade. Projeto na imaginação o som da minha voz lenta e as mãos, que estendo para a frente para que os olhares dos outros se enrosquem nos meus dedos e na realidade não me toquem. O peito achatado e forte, a barriga morena, semelhante mas nunca tão imponente como minha mãe neste corpo que sempre vivi como uma hecatombe anunciada. Sei como agir para fingir certa atratividade. A sedução é uma arte que se treina, mas também se beneficia da experiência do limite e do fetiche pela fatalidade. Vivo de forma perpétua apenas um dia antes do fracasso, mas o suavizo com melindres para não assustar quem ousa me olhar bem nos olhos.

Uma última mensagem chega antes do nosso encontro e eu tento lê-la mantendo uma postura corporal correta. Os ombros no lugar são especialmente difíceis para mim. Ponho a bagagem aos meus pés e puxo o cabelo para trás, para que, se Ela chegar, a primeira imagem que veja de longe seja essa.

Ela me pega numa 4 x 4 azul-escura. Parece pequenina dirigindo um carro tão grande, mas seus braços se espalham por toda a largura do volante, sobre o qual apoia as palmas das mãos. Sorri para mim da janela. Está com o cabelo molhado e tem um sorriso lindo. Esse momento não é excepcional? Sinto uma suspensão da realidade em favor de uma imagem que funciona por conta própria, isolada do resto das imagens da minha vida. "No fim ninguém veio, vamos ficar sozinhas, talvez amanhã venham almoçar..." Não respondo, está claro que Ela me convidou para passar o fim de semana sozinhas no campo e eu não havia me dado conta até *agora*.

Quando entro no carro, experimento uma necessidade fetichista de possuir materialmente e para sempre os breves segundos que acabei de viver. Que nada se perca e tampouco se transforme. Não é recordar o momento na memória, não, quero que ele seja novamente capturado numa fotografia, num afresco de um templo moderno que compõe a imagem de nós duas bem na parte mais alta, ou num filme mudo de vinte e quatro horas onde somos vistas saindo juntas da estação de carro e depois rondamos pela casa olhando uma para a outra.

Ela dirige com confiança e destreza e eu a admiro dissimuladamente por isso. Sim, minha mãe me obrigou, aos dezoito anos, a tirar a carta de habilitação que está prestes a expirar, mas minha última vez como motorista foi no dia em que passei no exame prático. Tenho pavor de aumentar a velocidade para mudar de pista na estrada e da possibilidade de não ver um pedestre num cruzamento sem semáforo. Tenho medo de me machucar, de machucar os outros. Ela, não, seus movimentos revelam que acredita ter controle sobre a máquina, que talvez a máquina prolongue uma sensação de controle que Ela tem sobre seu corpo. Não pega o volante: se apoia nele, toca-o, e o volante se move com Ela.

É atriz. Quando lhe pergunto se também atua fora do trabalho, responde com um sonoro "não" e uma pequena defesa do valor da naturalidade. Sua assertividade me deixa totalmente perdida. Observo-a mover os indicadores e polegares com suavidade, dar uma tragada no cigarro eletrônico, mudar de marcha, colocar o celular no bolso direito da calça. Todos esses gestos são muito precisos. Dá para ver que os ensaiou, embora não vá admitir agora. Talvez nem saiba.

Pergunto-me se a diferença entre as gerações millennial e Z é que nós ainda temos consciência do tanto de espetáculo e artifício que há na vida cotidiana. Aprendemos de cor e salteado a teoria da performatividade de gênero, enquanto para elas um aplicativo que registra seu mapa astral dita os rumos da sua verdadeira personalidade.

Passamos por várias ruas e atravessamos a praça com seu esqueleto de mercado vazio, mas depois não chegamos a uma casa de sítio, e sim a um grande chalé no campo. Um grande bloco preto com um módulo central envidraçado que protege um jardim de cimento e alguma vegetação. Há gravuras de arte nas paredes e uma sala de estar com lareira no centro que se comunica através de portas de vidro com um jardim nos fundos, jardim gramado e com árvores. Já estive em várias habitações similares antes, mas nenhuma com o contraste das paredes exteriores cor de carvão e do interior dos quartos de paredes brancas imaculadas. Aquela é a casa dela, e de repente fico impressionada e tocada pela naturalidade com que Ela entra, dispõe as sacolas do mercado, me oferece um copo d'água. "Ou uma cerveja?"

Me decido pela cerveja. Enquanto a serve, Ela continua a expor como é impossível para uma atriz atuar o tempo todo. Longe das minhas teorias performativas, a vida é o território da autenticidade. "Quando faço um personagem por muitas horas e vários dias, no fim fico emocionalmente exausta, minha cabeça dói. O corpo é como uma esponja e tem lembrança de tudo. A informação se acumula nos miofasciais, e é preciso liberá-la o mais rápido possível, para isso tenho um rolo miofascial..." Eu poderia ter fingido que conheço a palavra, mas, como se deve ser autêntica, pergunto: "Um rolo o quê?".

Ela digita rapidamente algo no celular e aproxima a tela de mim como se fosse outra frase muito bem integrada à conversa. Vejo uma espécie de tubo de espuma, semelhante ao que as pessoas usam para fazer alongamento ou massagens nas academias. Eu também precisaria que Ela pesquisasse no Google o que é um miofascial, mas posso imaginar um músculo acumulador de ansiedade que se localiza em algum lugar do tronco que não é muito acessível. Sei bastante a respeito de músculos arquivadores de nervosismo e medo, embora meu conhecimento seja vago, bastante poético. Ela continua falando. Com aquele tom profissional dos jovens *entrepreneurs* que acabaram de descobrir um aplicativo que os fará se aposentarem aos trinta anos. Faltam-lhe dez para chegar ao topo da carreira.

Entre nós existe uma diferença geracional insondável ou sou eu, que sempre fui melancólica e um pouco esquisita? Ela fica muito séria quando fala, tem uma boca carnuda cuja borda se perfila descaradamente quando muda de uma ideia para outra. Tudo que quero é vê-la e ouvi-la contar sua vida. Sua vida inteira, num tom incompreensível que de repente quero entender. Tento afastar o olhar de sua boca por um momento. Ok, Ela nem percebeu. Continua falando sobre livros de autoajuda e grupos de teatro. Sobre a importância de retomar o contato com a espiritualidade.

Mencionou o espírito. O que é isso, exatamente? Dessa vez não pergunto. Cada vez que olho para o rosto dela, acho-a mais bonita. Admiro sua determinação, a confiança com que se movimenta pela casa. À questão do espírito, respondo quatro coisas sobre a psicanálise que são irrelevantes, pois mesmo que não falasse em seus termos, o que Ela está dizendo agora parece muito mais *real*. Eu rio com vontade quando Ela faz uma piada sobre o arroz que coloca numa tigela de salada sem lembrar que diabos de receita tínhamos em mente para o almoço. Acabamos comendo arroz branco cozido e alface, mortas de rir. Ela gostaria de ter cozinhado.

A tarde avança e se alonga. Deitamos na grama, perto dos aspersores. Não sei quem eu era antes de chegar e não me importo nem um pouco. O som dos aspersores se mistura com o da sua voz. Algumas palavras do catalão aparecem transformadas em frases em castelhano. Seu sotaque é um prazer. Eu só quero ouvi-la, saber mais, saber como Ela viveu até agora.

Ela aponta o dedo e diz que naqueles campos que vejo ao longe, onde os juncos altos são como espanadores, se encontrava com Mariona à noite. Ela ainda não havia começado o ensino médio e sua amiga, que vinha de outro vilarejo, estudava Belas-Artes. Um dia, enquanto fumavam um baseado, acabaram se pegando. Quando terminaram de dar uns amassos no chão, "percebemos que havia um monte, um montão de estrelas. A Mariona me disse que nunca tinha visto tantas e eu respondi que sempre havia muitas aqui, mas que eu também nunca tinha notado. Não sei se é porque eu estava cega por ter fumado, mas lembro que havia muitas mesmo. Como nunca antes".

Ela está contando a intensidade de uma primeira vez, um olhar que de repente se abre para ver coisas que sempre estiveram lá. Eu gostaria de saber, se você olhar agora, menina, para o jardim aparado, para a parede da casa escura, se você observar a fileira de fontes diminutas cuspindo nas folhas de grama, o que você vê?

Abrimos uma garrafa de vinho de l'Empordà; é sedoso e cálido, e tenho medo de que, se eu parar de levar o copo à boca, essa espécie de espiral em que estamos intrincadas se suspenda e a atração acabe. Ela acendeu o fogo pegando os pequenos troncos nas mãos e fazendo bolas de papel-jornal. Para reforçar a chama, leva o isqueiro para bem perto de si. Eu lhe digo isso e Ela ri das minhas precauções.

"Isso também não é cena de filme, não se preocupe, não corro riscos. Fiz isso a vida inteira." Tem feito muitas coisas a vida toda, pelo que vejo. Acendeu o fogo sem esforço, e estamos nesse sofá há horas, conversando. Os filmes fazem tudo parecer um palco. "Que exagero, Sara. Quer saber o que diz meu horóscopo do dia?: 'O bom amor deixa uma sensação de toalhas limpas, não de dança louca sobre a mesa'."

Pois bem. Muito purista.

Acontece. Também não sei como. Acariciamos as pontas dos dedos sobre as costas do sofá. Então algo me força e me empurra contra Ela. Não há estranheza ou surpresa, não há o ligeiro desencontro, a consciência de quão diferente costumo me sentir ao entrar na intimidade de um novo corpo.

A casa já parece um lugar conhecido, ficamos lá, presas num contato inusitado. Não consigo pensar, mas me sinto culpada de forma intermitente. Isso que eu tomo em excesso estou tirando de alguém? Como se refletisse minha culpa, um pássaro fica preso no jardim central e bate nas paredes de vidro. O som do impacto é surdo e impressionante. Ela diz que o pássaro continua voltando, embora fique frequentemente trancado naquele espaço. O som do seu corpo contra as portas de vidro me faz lembrar o gesto que D. faz quando ouve algo inesperado que a entristece. Há uma inocência nesse gesto que desperta em mim uma sensação visceral de que eu faria qualquer coisa para protegê-la: dos costumes sociais violentos, do que Ela não entende, de mim mesma.

"Você não fica incomodada com o pássaro? Porque eu fico. Se ele não parar de se bater, vou ter que matá-lo", diz. Fico olhando para Ela, sem saber se está brincando ou falando sério: o animal agora significa uma realidade que eu não consigo suportar.

São onze e meia e, embora não tenhamos muita esperança de encontrar nada aberto, saímos rápido à procura de um restaurante. Entramos no único na vila que não fechou, e uma mulher miúda, com um avental de algodão branco e o cabelo num rabo de cavalo baixo, nos atende num catalão muito doce, como se soubesse que participa de um momento inaugural. Comemos aspargos verdes e mexilhões com molho de tomilho de uma caçarola quente. Na mesa ao lado está a açougueira da aldeia com seu filho. De vez em quando ela nos olha desconfiada por trás do guardanapo ou do copo de cerveja.

Pergunto-lhe se a incomoda que vejam que está com uma mulher e Ela responde que não em Barcelona, mas no seu vilarejo sim. Aqui as pessoas são diferentes. Aqui moram seus avós, e é preciso sermos discretas. Ela parece um pouco nervosa, olha de soslaio para a açougueira.

– Você acha que ela percebe? – pergunta.

– O quê? Não estamos fazendo nada. – Minha resposta não consegue tranquilizá-la.

– Muito desejo...

– Talvez perceba – confirmo, exagerando o tom de mistério –, suponho que o desejo seja algo que se cola aos gestos.

Ela arregala os olhos quando eu pronuncio a última frase, e nós duas rimos. Uma risada límpida, aberta, preciosa. Está confiando em mim e eu nela. Então penso que não vai destruir nada; vai me querer bem, será minha amiga.

O pequeno passarinho, compacto e robusto, não procura mais o vidro, agora dorme no meu bolso e está a salvo.

Fiquei sentada na cama. Olhando para Ela. Está de pé no meio do quarto. Sinto os lençóis frescos nas pernas, o gosto da sua saliva preenche minha boca. Na pequena distância, nos contemplamos com um gesto intenso, semelhante à dor.

A pele do seu ventre me enternece. O desejo da pele por contato, aquela necessidade que a faz respirar acelerada e se impelir para a frente me enternece. Há quanto tempo ninguém acaricia esse ponto exato entre o umbigo e o osso do quadril, de ambos os lados? Sua urgência lançada a mim é um presente, parece uma pergunta: "Você pode me acalmar? Você pode ser a única que me acalma?". Aceito seu pedido e assinto com a cabeça, respondendo à pergunta que não foi feita. Ela me dá sua urgência sem saber que é justamente dessa busca que eu preciso tanto. Logo sua vontade será mais forte e eu poderei desaparecer nela. Não mexo a boca, mas a ponho ali, na ponta esquerda. Imagino o bafo que meu hálito poderia criar se fosse agora um vidro, e não um corpo, isso que recolhe minha respiração.

– Agora você vai me sentir aqui, aqui dentro, pra cima, mais pra cima. A língua pressionando o pescoço, procurando o pulso, uma explosão de tons azuis, uma faixa ultramarina que cega seus olhos enquanto você segura firme nos meus ombros porque...

– Não, assim não. Diga-me diretamente, com outras palavras – exige.

– Vou enfiar meus dedos na sua boca e você vai lambê-los enquanto toco o interior das suas bochechas, empurro e faço pressão no fundo, até o fim da sua língua. Vou entrar na sua boca bem devagar, e depois mais rápido.

– Mais.

Pego seu rosto e pressiono seus lábios entre meus dedos. Minhas mãos são grandes, posso cobri-la inteira, posso segurar o seio duro que se apoia em mim, um ventre que bufa, uma bunda que se empina e se impulsiona e sabe que é muito ágil, capaz de chegar a qualquer lado, muito mais rápido que eu. É linda, está em cima de mim, e essa visão me fere. É verdade que a beleza nos fere dessa forma, quando é encontrada de repente. A perspectiva a eleva, enquadra-a num altar ou numa cama de rainha de onde é transportada. Todas as metáforas da emoção são antigas. E Ela se move com destreza, me segura em si mesma ou no movimento. Acho absurdamente clichê compará-la a um gato, quantos homens na história escreveram livros comparando a elasticidade da amante com as costas curvadas do felino? No entanto, no momento mais denso do desejo, cada palavra que vem à minha cabeça está de alguma forma contaminada com a história das palavras que os homens disseram sobre as mulheres. Ou as que as mulheres falaram sobre os filhos. Assim, permaneço em silêncio, percebo como Ela se surpreende com meu silêncio total diante de uma nudez tão livre, confortável e orgulhosa.

Penso num lince, porque, ao contrário do gato, não tem nada de doméstico, e sim de visão súbita, de chicotada de beleza mais livre do que quem quer capturá-la para que o prazer de olhar dure um pouco mais. Eu a seguro por alguns segundos, aperto suas nádegas em direção aos meus quadris. Ali o lince fica por um instante, assente, encontra seu lugar, o eixo de fricção e de sentido; um movimento que existe muito antes de nós duas. Já estamos presas nesse momento sem negociação ou ideias, também sem diferenças de vontade ou caráter. Seu hálito me deixará com fome a noite toda, e de vez em quando adormecemos para sermos acordadas pela presença cálida da outra, que transpira embaixo do edredom. As coxas molhadas e uma mão que agarra o pescoço, puxa-o para si e enfia a língua profundamente. Penetrando até o fundo da boca porque o hálito dá fome, porque a fome é suave e é doce e esse apetite quase impossível é algo incomparável.

"Sara, na verdade você é como uma criança, vive tudo como uma criança. Nunca conheci ninguém assim, é como se tudo fosse novo para você."

Por causa da diferença de idade, é curioso que Ela perceba dessa forma, mas, sim, sinto o encontro como algo inédito. Sinto-me grata por uma aceleração e uma mutualidade que tenho certeza de que já experimentei antes, mas quase tinha esquecido. "Você é como uma garotinha de calcinha branca de algodão desde a infância. E molhada, veja."

Ela afasta o tecido da calcinha e me observa com um olhar rigoroso e sério. Seus lábios se entreabrem enquanto Ela move seu olhar para minha boca e empurra os dedos com força para dentro. Não sei como Ela faz o que faz, mas abre meu ventre e tenho que segurar o outro antebraço para encontrar um ponto de apoio. Enquanto isso, observo seu dedinho, com um anel fino, que fica fora de mim.

Aí acontece. "Não é um momento fácil, você sabe que estou me mudando com minha parceira em pouco mais de um mês e minha mãe está morrendo", digo.

Por que falo isso? Minha mãe não está morrendo, há apenas um mês ela me acompanhou na mudança para Barcelona. Estava cansada por causa do novo tratamento, teve de ser ajustado depois que o câncer passou para as vértebras, sim.

Tirava cochilos curtos no sofá e em passeios de trem, mas também tinha passeado, tomado vinho com minhas amigas. Tinha aguentado um sarau de poesia insuportavelmente longo com parcimônia. Sozinha, ela tinha ido passear pela Rambla, perto do Liceu.

Mamãe não estava morrendo, acho que falei isso de forma egoísta, para chamar a atenção. Tenho vergonha de um gesto tão infantil. Ela, como se soubesse que acabo de contar uma mentira, não responde absolutamente nada.

Quando voltei para casa, vi que um rato tinha caído na banheira e ficado preso. É muito pequeno, está sob o cano da torneira, ao lado da tampa de metal. Pode ser que esteja lá há uns três dias. A superfície branca da banheira está cheia de fezes, que são manchinhas escuras, e também tufos de pele cinza. Não é difícil compreender o quadro insuportável da ansiedade. Seguindo seu mapa, dá para ver a queda do animal, as tentativas de encontrar uma solução, os efeitos destrutivos do excesso de energia empreendido na fuga... e, por fim, a exaustão, a resignação. Cheguei quando estava nessa última etapa.

Vou até a cozinha pegar um saco de papel para tirá-lo de lá. Lamento ter uma banheira, meu espaço preferido para buscar calma acaba sendo uma armadilha mortal de paredes escorregadias para os outros. Ponho o saco ao lado do vulto que respira e o convido a subir, mas ele mal reage. Com a outra mão, toco a cauda alongada e o animal estende o focinho, mostrando melhor suas orelhas minúsculas e os olhos redondos. É mais bonito do que qualquer um dos hamsters, cujo cativeiro nos encanta. Na cidade, no entanto, os de sua raça são perseguidos, raramente recebendo mais do que uma sentença de morte direta. Queijo e guilhotina, armadilhas medievais e humanos gritando, subindo em móveis, fazem parte da mitologia em torno do rato-doméstico.

No fim, consigo fazer com que ele entre no saco para escapar de mim, que sou um novo perigo, e não da banheira, de onde ele já deu como impossível sair. Está exausto e se move muito lentamente, como um rato nunca deveria avançar em tal situação. Dou-lhe um pouco de amendoim sem sal e água e deixo-o sozinho na cozinha por algumas horas para ver se consigo fazê-lo reunir forças antes de tirá-lo de casa. Não sei se ele come. Ou se estou seguindo os passos certos, mesmo que pareçam fazer sentido. Com o saco de papel na mão, desço as escadas até a porta, tentando responder o mais rápido possível ao cumprimento das duas freiras que moram no primeiro andar, para que mais vozes humanas não perturbem a criatura. Em seguida, caminho dez minutos até o parque mais próximo e procuro algumas sebes espessas, onde posso libertá-lo.

Agachada, a cabeça entre os galhos, de costas para o mundo e conversando com meu saco, não devo parecer muito confiável. Também é possível que esteja infringindo algum tipo de regra, ao introduzir uma "praga" num espaço público. Na verdade, eu diria "devolver". O rato sai devagar e demora um pouco para andar sobre a terra dura em direção à sebe. Quando o vejo partir, penso que talvez esteja cometendo um erro absurdo. Se entram nas casas, não é para cair em banheiras, mas para se alimentar e se proteger. Teria sido melhor soltá-lo na minha própria cozinha. Um lugar livre de gatos, crianças e serviços públicos de extermínio.

TRÊS

Esta que está diante de mim é mamãe. É a voz dela, mas eu nunca imaginaria seu rosto assim. O queixo pontiagudo, as órbitas afundadas e um sorriso sem bochechas. Como se estivesse pendurado num cabide de arame, ela usa sobre os ossos seu roupão de algodão fúcsia de inverno, que lhe chega até os pés. Um roupão confortável, quentinho e desagradável aos olhos. Estou plantada no meio da cozinha da minha avó, diante dela e sem conseguir me mexer. Afasto o olhar do corpo dela, falo da viagem de Barcelona, tento me dar uma margem de tempo para escapar de uma cena de pesadelo que não consigo entender. Quinze minutos antes de entrar na sua casa, minha avó havia me mandado uma mensagem: "Não se assuste, você vai ver sua mãe muito deteriorada". Era isso que a mensagem significava? Imaginei-a com dor, mais sonolenta, com dificuldade para se movimentar ou andar, mas não consegui antecipar o rosto perdido.

Falo, cravando os olhos na minha bolsa sobre a mesa, as mãos retirando objetos, fingindo procurar meu celular ou qualquer outra coisa. Preciso de tempo para acalmar o impacto. Com frases vazias finjo normalidade, porque se ela mesma não me avisou, talvez seja porque uma estratégia de defesa não permitiu que se desse conta do que está lhe acontecendo. Mas o que está lhe acontecendo? Vivi os últimos dez anos em alerta e agora, de repente, a confirmação de que todo o sofrimento, a quimioterapia, as operações eram apenas para prolongar a vontade definitiva do câncer. O fim que o câncer busca e deseja, com toda a sua teimosia e o direito à realidade bruta. Até agora, apenas as marcas deixadas pelos medicamentos no seu corpo eram visíveis, mas nenhum vestígio da "doença", desde aquele nódulo que modificara ligeiramente o formato da mama direita. Quais são os sintomas do câncer à medida que ele progride para onde já não é mais compatível com a vida? O desaparecimento de gordura e músculo. Um corpo consumido por si mesmo. Não há nenhuma besta roendo os ossos da minha mãe, roubando a carne dela.

Com a desculpa de fazer xixi, vou direto para o banheiro da minha avó. Estou tomada pelo pânico, não consigo respirar direito. A cena que acabo de viver é como um pesadelo delineado na medida do meu medo. Eu me olho no espelho, tentando entender se o que acabei de ver é real. Regresso à cozinha; minha avó está cortando um pouco de alho com uma faca pequena, ela está fingindo também? Algumas peles, pequenas e translúcidas, caem no piso de cerâmica, mas ela não as recolhe. Continua partindo o alho em pedaços tão pequenos que parece que vai cortar as gemas dos dedos. Mamãe vai pegar a vassoura, num ritmo bem lento, com os pés inchados dentro dos chinelos.

A vovó lhe pede para largar a vassoura:

– Deixe que eu varro – diz ela –, só um segundo.

Mas minha mãe continua a trajetória rumo à tarefa conhecida. Não vai parar de se mover, mesmo que o faça lentamente. Consegue empurrar o cabo com as duas mãos e arrastar a pele do alho até a pá.

– Sim, claro, você vai fazer tudo. Além disso, não tem tempo para si mesma porque passa *o dia inteiro* cozinhando e comendo, cozinhando e comendo.

Ela fica nauseada com o cheiro de banha de porco no cozido, e também com o cheiro de peixe limpo antes de passar pela frigideira. Acredita que minha avó deveria descansar e abandonar essa dedicação aos afazeres domésticos na idade dela. Com o último dente de alho na mão, minha avó responde que ela também deveria comer. É o normal, o saudável.

– Ou sou só eu? Sou a única que tem fome e come?

– Eu como, mas não o que você quer. Eu não como um frango gigante no jantar. Um frango desse tamanho.

Mamãe me olha com um gesto de nojo, mostrando as dimensões com as mãos. Se existiu de verdade, era realmente um frango muito grande.

– Na semana passada, ela terminou de comê-lo em dois dias sozinha. Mas, ei, com a sua idade, que sorte ter esse estômago de ferro.

Volto a dizer palavras que parecem esgotadas, sem sentido.

– Sim, você tem que comer, mamãe. Talvez algo mais leve, frutas e vegetais crus.

– Todos vocês dão conselhos de todo tipo. O médico diz para eu comer o que eu quiser. Aqui cheira à gordura de manhã à noite, me faz perder a vontade, tenho ânsia de vômito.

Imagino que essa é a conversa que elas vêm tendo diariamente há meses. O telefone toca, e minha avó o entrega para minha mãe sem atender, pedindo para ela dar uma desculpa, dizer que não está aqui, que foi às compras. Minha mãe insiste para que ela mesma atenda e ouse dizer que não, que não pode falar.

– O que te custa, filha, atender e dizer que eu saí por um minuto para comprar pão?

– Se eu disser isso, *dentro de um minuto* vai te ligar de volta. Não, você tem que aprender.

Instruída sob a autoridade da minha mãe, vovó assente e diz:

– Você tem razão, minha neta acabou de vir de Barcelona, não a vejo há muito tempo e nós três estamos aqui conversando tranquilamente. O quanto eu aprendo com minha filha. É verdade, vou dizer isso.

Ela atende e vai com o telefone para a sala tecendo uma série de desculpas, enquanto minha mãe balança a cabeça, entre cansada e satisfeita. Ela não perdeu a autoconfiança e, até onde sei, também não há diagnóstico que confirme uma situação crítica.

"Todo mundo é médico e dá conselhos de todo tipo." O médico que a acompanha desde sempre lhe disse para comer o que pudesse e minha mãe considera esse homem o principal responsável pela década de vida "extra" desde o primeiro diagnóstico de câncer de mama com metástase. Tivemos de acreditar no que falavam, minha mãe e o médico. Só eles sabem de coisas que ninguém mais sabe. A vida é negociada dentro dessa relação privada, à margem da dor alheia. Uma dor tão desajeitada, tão desinformada e inclusive egoísta, às vezes.

O médico não se importa com o que minha mãe leva à boca durante esse último ano de perda de peso crescente. Diante da sua falta de fome e do nosso vazio de informação, antes de me mudar para Barcelona eu comprei shakes nutricionais para ela e consegui fazer com que bebesse regularmente. Hoje, quando abro a geladeira, descubro que há uma prateleira cheia, três fileiras de potes azuis e rosa com sabor de chocolate e baunilha. É a comida colorida de um recém-nascido.

Minha avó, mamãe e eu, sentadas numa das pontas da mesa branca da cozinha, falamos da universidade em Barcelona, de política, do casamento iminente do meu pai. Minha mãe ainda tem à frente a torrada em pedacinhos e um café preto do desjejum. Acordou às onze e voltará a dormir em poucas horas. Esse novo corpo é lento e cuidadoso. A pele fina e cheia de dobras parece mais suave. Não sei se vai doer se eu tocar nela, então ponho minha mão com muita delicadeza na parte superior das costas dela. Digo a mim mesma: não há problema em sentir o esqueleto quando você toca um corpo. Não haverá escândalo. Não é proibido que os ossos cheguem tão próximos da borda, e nem mesmo da borda eles cruzariam para o outro lado, onde estamos falando e o tom ainda pode ser irônico, as palavras cheias de matizes. Ela é consistente, nada acontece, minha mão não a machuca nem a perfura. Isso faz com que eu me sinta bem.

Tento analisar tudo, não vejo nela nenhuma mudança cognitiva além da alucinante negação do seu estado. Sua memória está intacta, talvez às vezes perca um pouco a capacidade de atenção, ou simplesmente o interesse. Ela raciocina e conversa como de costume, mas é menos violenta quando fala do meu pai, como se de alguma forma ele não a machucasse mais. Embora não utilize essas fórmulas, a maneira como fala parece dizer que meu pai é dela, pertence à sua história. Ele pode mudar de vida quantas vezes quiser, mas mesmo que negue, a carrega consigo. Depois de três décadas juntos, o vínculo deles também é uma questão de sangue.

Estou ao lado dela, em vez de lentes de contato uso óculos e os tiro por um segundo. Ela sabe que sem óculos não consigo distinguir formas, vejo tudo embaçado. "Por que você está tirando?", ela diz, sentada à minha direita, com café preto na mesa e um cigarro no cinzeiro. "Me cansa ficar com eles o tempo todo no rosto."

Minha avó protege a filha mantendo a estrita normalidade na voz e nas reações, mas tenho medo de falhar, medo de que ela perceba que estou me cegando para não encarar sua imagem, de que preciso de uma pausa para não despencar na frente dela. Sem a violência do rosto perdido, tudo na cozinha da minha avó é como era. Sua voz é bela e paciente, tem um toque jovial. Quase sem pensar, procurei um borrão, um desfocar das linhas ósseas sob seu rosto. Volto a pôr os óculos depressa, não quero que ela sinta que eu a rejeito minimamente.

Às nove da noite, me despeço da mamãe no seu quarto, onde ela fuma lentamente na cama, com um cinzeiro de latão com cabo de madeira na mesinha de cabeceira. Ela diz que está muito confortável. Que é glorioso ficar na cama. Olhamos uma para a outra e sorrimos enquanto eu a beijo na testa para me despedir. Não é um gesto paternal. Eu a beijo ali porque sua testa parece um espaço liso, aberto e seguro que pode sustentar meus lábios. De lá eu não vou cair, não vou deslizar para algum lugar que eu não possa imaginar. Eu a ajudo a pôr as pernas em cima das almofadas para melhorar a circulação.

Ela segura a barriga inchada com carinho, imagino-a grávida de um lagarto de olhos redondos e inexpressivos, que pisca muito de vez em quando e mal se move, com as quatro patas recolhidas numa postura fetal e enroscado na própria cauda grossa. Um réptil flutua no líquido que incha a barriga da minha mãe. Se ela fechar os olhos, o animal ainda terá forças para abrir passagem pelo umbigo e vir sentar onde estou. Ele não vai lamber minha mão nem pedir atenção. Um lagarto benevolente em sua indiferença à dor angustiante dos mamíferos só acompanha, respira, palpita.

Na calçada em frente ao prédio da minha avó, uma explosão de ansiedade não me deixa atravessar a primeira faixa de pedestres. Minhas pernas se dobram. Acontece que, sim, essa expressão existe porque responde a uma realidade material. Às vezes, quando o organismo não aguenta mais, as pernas se dobram. O tempo se dobra e o corpo, estranhamente, sabe.

Na manhã seguinte, tomo banho e visito minha mãe de novo. Quero estar muito perto dela para me acostumar com a impressão causada por aquele corpo que eu mesma não teria reconhecido na rua. A ideia me tortura: eu poderia ter cruzado com minha mãe sem reconhecê-la.

Mamãe tem consciência de que emagreceu "um pouco"; mas é tudo o que está disposta a compartilhar. Lembro-me de quando ela foi diagnosticada com câncer nas vértebras, e eu viajei de Londres para as Astúrias com a promessa de ir ao campo para tirá-las, Chufa e ela, do pequeno apartamento onde transcorria a maior parte da sua vida. A cachorra estava muito pior do que minha mãe, tinha dezesseis anos. Às vezes, ficava parada, olhando para um ponto fixo, sem maiores explicações. Havia um leve tremor, uma oscilação nela toda, e a imobilidade dos seus membros parecia ser o resultado de um raio que de repente a atravessava de ponta a ponta. Nós três pegamos um trem e depois um táxi, que nos levou a um alojamento rural chamado A Montanha Mágica, como o romance de Thomas Mann. Eu recomendei o livro para ela antes de ir e mamãe leu, leu-o inteiro. Eu não tinha terminado, disse que não podia porque não tinha tempo, mas que as primeiras páginas eram as melhores que eu já havia lido.

A Montanha Mágica das Astúrias fica a leste, onde o mar e as montanhas se encontram. De manhã, comíamos pão com manteiga e geleia caseira no desjejum e passeávamos pelo campo, embora nenhuma delas caminhasse bem. Chufa, especialmente, mal conseguia avançar, mas queria e, portanto, continuava. Ela era minha única irmã, minha companheira de uma infância como filha única. Até pouco tempo ela havia sido forte, vivaz, obcecada em pegar bolas de borracha no rio e uma boa mergulhadora. Nos campos ao redor da granja, sob o olhar do pico Naranjo de Bulnes, em frente a uma encosta de pedra, eu a pegava nos braços e a carregava para cima. Sua pele estava colada ao osso, especialmente a dos quadris, embora a pele ainda lhe desse algum volume.

Morreu dias depois. No meu livro de Thomas Mann ainda há o marcador da minha mãe, um pequeno calendário da Livraria Paradiso, com um quadro de Hopper em que uma mulher lê num trem semelhante ao que nós três pegamos. No verso, mamãe marcou o dia 30 de maio e desenhou ao longo dos meses de 2014 um grande coração com nossos nomes dentro. "Sara, Chufa, Mamãe."

Antes de pegar o voo para dar a aula de terça-feira, ligo para sua amiga médica quase implorando por respostas, pedindo a confirmação do que já sei. No pior dos cenários, quanto tempo essa situação vai durar? Uma barriga inchada é indício de um mal que afeta o fígado? Por que retém líquidos e fica inchada nas pernas? Por que ninguém nos ensina a reconhecer e acompanhar um corpo que morre?

Ela me conta que mudaram o tratamento há alguns dias, e que a gente tem que ter calma, ver se funciona. Quanto ao resto, sem diagnóstico, sem resposta. Duvido se tudo isso não é mais uma obra da minha imaginação, que reage ansiosamente a um corpo no limite da magreza. Volto para Barcelona, é o que todo mundo acha razoável. Não suporto a ideia de ficar sozinha em casa.

Faz pouco tempo que a conheci e entro no seu apartamento em Barcelona com familiaridade, reconhecendo o cheiro do amaciante que Ela usa para lavar roupas, as quais põe para secar num varal de chão no corredor. Ela limpou bem o banheiro antes de eu chegar, e minha escova de dentes ainda está no copo, ao lado da sua e da da irmã mais nova. Ela me espera atrás da porta com um gesto divertido, meio reclamando que estou alguns minutos atrasada. Está cozinhando um pouco de feijão com batatas para o jantar. Sei que vai querer ir para a cama logo depois e dormir de conchinha comigo. Acordará várias vezes durante a noite, e seus braços me arrastarão de qualquer canto até onde Ela estiver.

Olho para o espelho alongado da sala de jantar, aquele que Ela usa para se vestir, e fico surpresa ao encontrar minha figura quase perfeitamente integrada ao espaço. Faz sentido ali, ao lado da estante onde suas irmãs guardam alguns romances; e Ela, toda uma coleção de livros de desenvolvimento pessoal em inglês e espanhol. Olhei vorazmente para cada canto desta casa e integrei na minha memória a disposição e a forma dos seus objetos. Agradeço-lhe por me abrir sua intimidade de maneira tão generosa, a mim, que ainda não tenho casa nem memórias de lar em Barcelona, apenas um apartamento alugado na Plaza de España de uma empresa de turismo que o decorou com fotografias "antigas" das Ramblas, em preto e branco, e móveis da Ikea.

Chavela canta que "*una vuelve siempre a los viejos sitios donde amó la vida*".[1] Se a alma existe e pertence aos lugares onde amou, talvez um dia, como um cão farejador, minha alma procure sua casa, onde Ela pode não estar mais, e volte a mover as pesadas cadeiras de plástico junto à mesa da sala de jantar, com cuidado para não perturbar a vizinha de baixo. Volte a pôr as garrafas de cerveja vazias na lixeira dos recicláveis e a pegar a toalha branca do último gancho do banheiro, começando pela direita.

Todos esses detalhes serão esquecidos se não forem anotados, mas se nos despedirmos e meu corpo voltar a este lugar, mesmo depois de muitos anos, não tenho dúvida de que ele saberá se mover, reconhecerá o peso do bocal do chuveiro ao segurá-lo e saberá os segundos que o aquecedor demora para deixar a água na temperatura certa.

Não sei como lhe dizer isso sem que dê risada de mim enquanto traz os pratos com as batatas e o feijão, que põe na mesa para regar com um pouquinho de óleo.

Os feijões estão macios; e as batatas, cozidas no ponto certo. Ela fica encantada por eu gostar tanto de uma refeição tão simples. "Pelo menos quando se trata de comida, sempre concordamos", diz. E do que discordamos? "Você não acredita no *afterlife* nem na monogamia. E para mim as duas coisas são muito importantes."

Eu acredito no amor. Como algo necessário, algo que quando acontece é inevitável, como é inevitável que eu esteja agora aqui com Ela e a procure, por mais conveniente que seja, ou não, para meu plano de "futuro". Toco seu braço.

– Eu acredito no amor. Pode até ser que acredite de alguma forma na vida após a morte. Por exemplo, se eu morresse,

---

[1] A pessoa volta sempre aos velhos lugares onde amou a vida. (N. T.)

talvez uma parte de mim ficasse nesta casa, voltasse para pegar minha escova de dentes, que você já teria jogado fora. E, mudando de assunto, você não me contou como foi o ensaio. Olhe como você é, nunca me diz nada.

– Não gosto que me perguntem, então também não pergunto. Além disso, se eu te perguntar, você pode me dizer algo sobre sua namorada e eu não quero saber.

É triste a forma como fala. Pronuncia "namorada" como se Ela fosse a segunda numa hierarquia indiscutível ou a amante de um homem casado. Diz que está tentando, toda essa história de entender que se tenha laços diferentes com amores diferentes. Até começou a ler o livro de Brigitte Vasallo sobre o pensamento monogâmico. "Porque eu gosto de você e quero tentar. Mas só porque estou tentando não significa que vai funcionar."

Ela se muda para o sofá, onde, apoiada numa almofada azul-celeste, esvazia numa tigela um saco de sementes de girassol. A conversa a deixou desconfortável, e Ela tenta não me olhar nos olhos. Como cada uma pode aceitar a realidade da outra? Continuo me esforçando para ser a boa amante, mas de vez em quando me vem à mente a imagem da minha mãe de costas, com as costelas salientes sob seu longo roupão fúcsia. Não sei como falar com Ela sobre isso, algo na sua atitude não me deixa espaço para tocar num assunto desses. Embora isso me atormente, temo incomodá-la ou parecer dramática, suspeito que Ela rejeite a vulnerabilidade e que certas emoções a deixam nervosa. Acima da minha dor, o que eu quero é que goste de mim, quero fazer com que se sinta bem. Nossas conversas assumem cada vez mais o tom irônico de uma discussão não tão nua e crua. Ainda assim, estou feliz, neste sofá, de pijama. Quero que volte para a casa vazia, olhe para o lado direito do colchão e para este canto onde estou sentada agora com as pernas dobradas, e pense em mim.

Sou feliz na casa dela. Digo-lhe isso.

"Eu também, quero estar com você."

"Você já está comigo."

Ela vira a cara, não é isso que quer dizer.

Fui a Londres para finalizar os últimos trâmites depois de ter saído do meu emprego na universidade. Acordo cedo ao lado de D., porque o sol se esgueira rapidamente pelas persianas e inunda a sala, cheia de pequenas pinturas a óleo e conchas gigantes, formas de pedra e barro, objetos azuis, verdes e vermelhos. Apesar de acordar cedo, ela demora a despertar porque é tomada pelo sono, e sempre faz um barulhinho de reconhecimento quando abre bem os olhos e me vê. Eu sei que me ama, não há dúvida disso. Sou um lugar que ela conhece e para o qual volta com alegria e sem esforço. Pergunto-me, no entanto, se pode despertar de forma semelhante com outra qualquer. Isso me deixa desconfortável. Logo eu necessito me sentir insubstituível?

Ela continua tentando se livrar do torpor do sono e se estende no chão para fazer alongamento, enquanto eu me enrolo embaixo do edredom. Na casa compartilhada de três andares e jardinzinho nos fundos, em Hackney, há o colchão e o travesseiro mais confortáveis de Londres. Olho para uma pilha de cadernos que ela mesma encapou com diferentes papéis, sobre a qual repousa a cabeça de um lagarto de malaquita. Com a mão esquerda, toco a superfície áspera da parede branca ao lado da qual dormi tantas noites. Há poucos segundos, quando D. ainda estava lá, podia tocar com a mão direita as pálpebras que não se fecham completamente e recobrem seus grandes olhos azuis. Deitada na horizontal, seu corpo tem a energia de um dragão milenar. Só ao seu lado relaxo e consigo dormir longa e profundamente. Não acordo no meio da noite, não fico em alerta.

Seu quarto está cheio de plantinhas em recipientes de cerâmica e tecidos trazidos de comunidades de artesãos na África e na Indonésia. Junto à janela, a coleção de búzios das suas viagens à costa do Pacífico. Também pequenos animais esculpidos em madeira ou pedra. Um antílope de pintas brancas. Um hipopótamo trabalhado num minério cinza-escuro, parecido com um mármore brilhante. Percorreu a rota das especiarias até às remotas Ilhas Banda para desenhar uma coleção de lenços de seda cujas ilustrações têm por tema o comércio de noz-moscada.

Ela é uma companheira de viagem sólida, paciente. Para nos proteger do vento na praia, sabe como construir cabanas com pareôs e restos de caniços quebrados. Fica entediada com luxos e certos confortos que considera desnecessários. Preocupa-se que eu gaste meu dinheiro em restaurantes, que coma fora quase todos os dias. Se quer se manter feliz, precisa nadar diariamente, e seu animal favorito é a tartaruga. Quando a conheci, sabia que seu caráter, tão terroso e de águas subterrâneas, poderia curar meu medo da doença, do abandono e do olhar exigente do outro. Fomos amigas por cinco anos, com encontros intermitentes, e só depois ela se apaixonou por mim, mas, quando isso ficou claro na sua mente, não hesitou. Duvido, no entanto, da sua ausência de dúvidas. Minha tendência crítica não me deixa em paz.

Comemos juntas as torradas de fruta-doce que ela prepara todas as manhãs, há anos, para o desjejum, e vou para a British Library de metrô e ela vai trabalhar no *college* de bicicleta. Nos beijamos na porta da garagem, ela com o capacete já posto, mas ainda não afivelado, de modo que o fecho fica pendurado abaixo do queixo. Uma vez na bicicleta, ela vai pedalar à minha frente e me fazer um elogio na rua enquanto anda. Era nosso dia a dia antes de eu me mudar, e agora o repetimos sem hesitação. D. virá morar em Barcelona depois do Natal, esse sempre foi o plano, antes do lance da minha mãe e até agora, mas a mudança de cidade a deixa melancólica, e ela evita falar sobre isso.

Chego à British Library. O moço que trabalha no empréstimo dos livros e que durante todos aqueles anos me observou intensamente de longe, me diz: "*You are back*". Sempre achei um prazer extraordinário ser reconhecida nesta cidade. Não sei se quem não morou aqui consegue entender até que ponto é quase um luxo ser reconhecido. Sua frase confirma algo que depois de oito anos ainda me parece irreal: que eu tenha vivido em Londres todo esse tempo, que eu existisse entre tanta gente nesta biblioteca histórica onde agora estou revisando a bibliografia de uma tese de doutorado sobre desejo entre mulheres. Sempre fiquei nervosa com a intensidade com que ele me olha, mas hoje lhe conto uma coisa sobre mim, digo-lhe que estou morando em Barcelona, que ainda estou vindo para Londres para resolver algumas coisas. Percebo que compartilho essas informações para que não me esqueça quando minhas visitas à British Library acontecerem cada vez mais esporadicamente. Hoje falo para existir por mais tempo, mesmo que seja na memória de alguém.

Acho que não tenho medo da morte, mas o que são então essas tentativas sempre ansiosas de não perder um lugar privilegiado na memória dos outros? Como entender um narcisismo que tolera a ideia de que o corpo morra, mas não de que a memória da minha vida morra?

Trabalho até que as cólicas menstruais não me permitam mais me concentrar nem um pouquinho. "*Hello, Miss Torres*", diz um homem mais velho a quem devolvo os livros. Também nos vimos muitas vezes. Os últimos quatro anos da tese de doutorado passaram muito depressa. Nas duas primeiras eu estava acompanhada de J., uma menina magra, ruiva, bonita e atrapalhada, de cabelos longos e olhos azuis. Sempre estudávamos juntas, eu a ajudei a terminar a graduação em estudos asiáticos, corrigia seus ensaios para a universidade e ela passava minhas erratas para o inglês ou marcava alguma consulta médica para mim por telefone, quando eu tinha medo de me deparar com um sotaque que eu não conseguia entender bem. A gente se beijava nos corredores, por cima das mesas com pessoas estudando, e nos fazíamos de desentendidas. Falávamos muito alto, estávamos quase sempre felizes nos primeiros meses. Fomos namoradas por um bom tempo. Eu gostava muito da sua ternura, dos seus gestos um tanto acelerados, sua voz, seu sotaque inglês, a beleza antiga do seu rosto quando se concentrava para ler e quando estava triste. Pagava a faculdade trabalhando como modelo, e nós duas aproveitávamos as roupas que ela ganhava. Desde criança, fotógrafos e editoriais de moda quiseram tomar, comprar, reter a imagem da sua tristeza. Lembro-me dos olhos claros, de um azul vivo e cintilante por causa das lágrimas. A imagem correspondia tanto aos cânones estéticos com os quais eu havia me criado que era impossível não ficar fascinada com o desdobramento material daquele instante. Sua avó tem noventa e cinco anos e ainda pergunta de mim e me convida para tomar chá e comer biscoitos amanteigados em sua pequena sala de estar em Portsmouth.

Acho que J. sempre foi triste, desde bebê, mas também sabe aproveitar as coisas cotidianas. Seu pai morreu vários meses antes de conhecê-la. Além disso, pouco depois de nos conhecermos, morreu o pai da minha segunda namorada, com quem me mudei para Londres pela primeira vez há oito anos. As duas padeciam de um luto diferente do que eu estava acostumada, algo depressivo que se instalava para sempre num lugar complexo e pouco acessível do seu caráter. Acariciei muito a superfície lânguida daqueles corpos, queria entrar, atravessar a carne para tirá-las de lá. Todos os meus amores tiveram em comum certa tendência melancólica. Acho que não tinha pensado nisso até agora. A profundidade tocada pela dor no reverso de todas as coisas. Ali, desse lugar, nunca se ama superficialmente. A tristeza pausada, não raivosa ou vingativa, dá sensibilidade, sabedoria.

D. também vive nessa melancolia, é sua paisagem de fundo. Quando, na última série do primário, sua melhor amiga se mudou para outra cidade, ela passou anos sem ter um vínculo íntimo com ninguém. Ela a amava muito, mas nunca lhe disse. Em sua ausência, e para demonstrá-lo de alguma forma, montou uma maquete na sala dos pais na qual reproduzia as três ruas que separavam sua casa da da amiga, com as altas bananeiras, a banca onde compravam a revista da coleção *Insetos Alucinantes* e até uma estatueta do amolador de facas. Quando a amiga voltou, três invernos depois, para comemorar o Natal com a família, D. envolveu a maquete em plástico bolha e colou adesivos de salamandras e bichos-pau em cima. A menina gostou, mas, como era muito grande, os pais não a deixaram levá-la para casa. Era uma maquete incrível, com os paralelepípedos do calçadão pintados à mão, um por um. Frustrada e cheia de raiva, D. a abandonou na rua. Abriu mão do artesanato, porque era uma coisa infantil, e nunca mais voltou a pintar por amor.

Ela me contou a história na primeira vez que saímos juntas, quando fizemos um passeio pela Costa de Margaret.

Naquela tarde, decidi que, se ela ficasse comigo, voltaria a fazê-lo. Aconteceu no verão seguinte, nas Astúrias. Fez isso por alguns meses, mas desistiu de novo. Não era uma questão de pintar para mim, mas de pintar enquanto estávamos juntas. Ela queria os frutos do seu amor durante, em presença. Como os relógios de Félix González-Torres, tentava captar a sincronia no tempo das amantes. Era preciso ter cuidado com o desequilíbrio, com o passo em falso acumulado que vai afastando as horas, cada uma presa na própria esfera.

Do outro lado da rua, numa esquina mal iluminada do edifício dos cinemas Hackney Picturehouse, fica a cantina vietnamita onde D. e eu costumávamos jantar depois de assistir a um filme num daqueles dias frios e úmidos de Londres, que poderiam muito bem cair no inverno ou em meados de junho. Combinamos de nos encontrar ali depois da biblioteca e do dia de aulas dela no *college*. Espero-a a poucos metros da porta, mesmo que esteja escuro e minha barriga congele sob uma parka de algodão cinza. Ela chega com dez minutos de atraso, enrolada em dois cachecóis de lã, cada um de uma cor diferente. "Você está linda e louca de andar por aí com esse casaco. Nunca se protege bem. Está esperando que alguém tire uma foto sua? Para o Instagram."

Ela tira as luvas e segura meu rosto com as mãos quentes, fazendo um ninho. O gesto me faz lembrar de uma noite de neve, voltando desse mesmo restaurante, quando ela pegou algumas caixas de papelão na entrada de uma mercearia e fez um telhadinho para que a neve não molhasse minha cabeça. No restaurante, toca a música de sempre, vozes sensuais e distantes cantando numa língua que não consigo reconhecer. Devo pensar que é vietnamita só porque está tocando ali? Minha própria dúvida me envergonha. Há um altar com flores de plástico e fotografias de montanhas muito verdes divididas por cachoeiras. Além disso, numa parede especial, três imagens de três conversíveis diferentes, o orgulho do homem que vem sorrindo me perguntar onde estive nos últimos meses. Eu converso com ele. Sobre Barcelona, sobre a universidade.

"E ela vai também?", pergunta, apontando para D. A ideia de se mudar para Barcelona na verdade foi dela, mas D. está com dificuldades com a mudança e ainda não notificou o trabalho. É difícil para ela se afastar de Londres.

Sentadas à mesa de sempre, a segunda junto à janela, D. e eu abrimos os cardápios como se já não soubéssemos o que vamos pedir. Ela me olha gentilmente por cima de um mostrador de papel plastificado que diz "*Tea and dessert*". Quer saber se eu tenho pensado muito na minha mãe.

Digo que, estranhamente, é como se mamãe e eu pudéssemos finalmente nos comunicar sem conflitos, ela me trata melhor. Sinto ternura. No começo fiquei assustada de vê-la tão magra, e depois, quando me esforcei para integrar aquela nova imagem, ela me enterneceu. No último dia, sentada aos pés da sua cama, ela estava muito fofa com seus óculos de leitura pretos apoiados no nariz. Eu olhava para sua mão, que ainda tinha o formato da mão da minha mãe. Uma mão que eu teria reconhecido em qualquer lugar. Pensei que era outra versão da mamãe. Mamãe ossinhos. E gostei. Tenho vontade de conhecê-la nessa fase. Ver quais conversas são possíveis.

À nossa frente, colocam um prato de rolinhos de legumes e uma tigela com um molho grosso e de sabor doce. Pergunto a D. sobre o trabalho, sobre as tardes de oficina com uma designer têxtil que foi sua professora na universidade e com quem agora colabora enviando algumas estampas para o mercado japonês. Faço muitas perguntas, mas ela em geral me dispensa em frases curtas e se mantém em silêncio. Não sei em que momento começo a falar sobre Ela. É um comentário quase inconsequente, mas que denota minha necessidade de trazê-la para a conversa, para minha vida. D. me pede para não continuar. Estamos jantando, estamos juntas. Ela já sabe que a menina é muito amável, muito vital. Fui informando por telefone. É o suficiente. "Mantenha-a fora deste restaurante, por favor."

Ela tem razão. Sinto muito. Estou acostumada a falar sobre tudo com ela e tolamente tenho vontade de contar-lhe isso também. Ainda assim, tenho dúvidas. Não sei se entende o que está acontecendo. Se realmente aceita a situação ou se está tentando apagá-la. O que não se nomeia não existe. "Negação? Pare de falar besteira. Como posso estar em negação? Você me lembra disso o tempo todo. Só peço que o tempo que passamos juntas não se transforme em falar dela também. Não importa o quão animada você esteja. Eu entendo, mas já te ouvi."

Bebeu do meu copo de cerveja até terminar. D. é mais de smoothies de banana, não gosta de álcool. Ou agora sim? Pergunto.

"Ajuda na deglutição. Talvez eu comece a cair de boca na bebida, tenha cuidado, a gente nunca conhece alguém de verdade."

"Boa. Você é muito inteligente, garotinho."

Ela está usando uma camisa vermelho-cereja com uma gola mao que repousa rigidamente sobre sua garganta, roçando contra sua pele muito branca. Sobre os olhos azuis e a testa pálida, os cabelos pretos presos para trás parecem muito curtos. Quando pensa em silêncio e quando é irônica, suas feições repousam num gesto elegante, sem gênero. É alta, e suas costas são fortes por causa dos anos de natação.

Digo que a camisa lhe cai bem e ela responde arqueando uma sobrancelha: "Realmente. Dê uma boa olhada em mim e lembre-se disso quando você estiver por aí".

Regresso de Londres diretamente para as Astúrias. Levo um buquê de margaridas escarlate para colocar no vaso no quarto da minha mãe. A casa da vovó está silenciosa quando entro pela porta da frente; ao chegar, encontro mamãe de novo na cozinha. Sorri com os olhos perdidos, num tom amarelado, e pronuncia meu nome com uma voz que pela primeira vez não soa como a dela. Seus braços se estendem para pegar as flores. Tem sido uma espécie de ritual trazer-lhe margaridas desde que ela se mudou para cá. Acho que estou tentando reconhecer o fato de que esta é a casa dela, e não a outra, onde moramos juntas. A cozinha está muito limpa, e ela pousa devagar as flores no balcão para cortar os caules. Minha avó aparece, diz olá, se oferece para cuidar das flores, mas mamãe recusa. Eu quero que ela faça isso, é algo mágico ver como se concentra, sua silhueta flutuando no meio dos objetos. É capaz de segurar a tesoura, manejá-la. Tudo acontece com precisão, os gestos habituais feitos por um corpo que já se retira de outras coisas. Enche um vaso leve com água e atravessa o corredor com o passo calculado dos idosos que já não podem mais andar, mas andam. Tenho orgulho de pertencer à genealogia daquele corpo que alisa com as mãos uma toalhinha de crochê feita pela minha avó antes de colocar as flores em cima dela.

Mamãe tem uma luz diferente, busca meu olhar e minha cumplicidade. Na sua mesa de cabeceira estão os livros que lhe deixei da última vez, antes de partir. Leu um pouco do *Barrio de Maravillas*, de Rosa Chacel. Tudo está perfeitamente organizado no seu quarto. Eu a ajudo a se deitar na cama enquanto minha avó nos observa, supervisionando os gestos. Ela tem medo porque minha mãe, com muito esforço, insiste em continuar abaixando as persianas, pois não acha que lhe faltem forças. "O problema é com a manivela, que é muito dura."

Deitada, ela acende um cigarro; custa-lhe acender a chama do isqueiro, mas consegue. Minha avó e eu arrumamos a cama para que fume mais confortavelmente. Enquanto mexemos no seu travesseiro, no esforço de se sustentar, detecto na minha mãe um olhar sombrio de dor e exaustão, quase de medo. Seu olhar perfura meus olhos, e acho que talvez ela saiba o que está lhe acontecendo. Que esse momento é a coisa mais próxima que eu vou viver de um momento de intimidade, de confissão.

O movimento faz com que ela tenha vontade de vomitar, e, diante da primeira ânsia, corro para pegar um saco plástico, como ela fazia comigo sempre que eu ficava tonta no carro. Afasto os cabelos ao redor do seu rosto enquanto ela se aproxima cuidadosamente do saco sem derramar nada. Quando eu era criança, quantas vezes seus dedos finos e cheios de anéis, suas unhas compridas, seguraram um saco para mim ali no banco da frente. Era um prazer vomitar depois de um enjoo, marcava exatamente o início do bem-estar, da recuperação da tortura do vaivém e das curvas. Ela e eu tínhamos sob controle meus vômitos de estrada e hoje estamos fazendo de novo tão bem quanto costumávamos, só que com os papéis invertidos.

Tento confortar minha avó com um olhar, dizer: "Não se assuste, tudo bem assim, mamãe e eu sabemos o que estamos fazendo". Ela não entende a eficácia do saco plástico e traz uma bacia. Mamãe se recusa a pôr a cabeça naquele artefato, preferindo a velocidade do invólucro que pode ser fechado e jogado fora para não ter de ver o detalhe, a cor, a textura: radiografia do interior derramado. Mamãe e eu estamos perfeitamente coordenadas na compreensão prática do momento. Está tudo bem, o ambiente do quarto é carinhoso e íntimo. Com um sorriso, consigo transmitir isso à minha avó, que abandona a bacia de resgate na cama ao lado da dela. Agora a que vomita é gentil e cuidadosa, por fim me sinto útil. Estamos felizes por estar juntas.

É meio-dia, estou lendo na cama contígua enquanto mamãe descansa com a TV ligada. Vejo seu crânio e a curva do seu pulso despontando entre os lençóis. Trocamos frases curtas que são um pequeno toque no ombro que denota presença, em vez de uma informação real que damos uma à outra.

No documentário que ressoa ao fundo, começam a falar sobre homossexualidade entre animais. O caso de duas pinguins fêmeas entregues ao ato de se amar diante dos visitantes, um ato óbvio de romantismo que revolucionou um zoológico e abriu um precedente para que os outros zoológicos da cidade descobrissem que eles também tinham pinguins homossexuais entre suas fileiras. A saída do armário queer do mundo animal, com os cuidadores representando o movimento. "Descobriu-se a homossexualidade animal em quase todas as espécies, milhares de casos..."

Da cama, mamãe pergunta de repente, com perfeita ironia, se eu ouvi. "Sim", respondo. A humanidade demorou toda a sua história para ser capaz de estar diante de duas pinguins fêmeas que se escolhem e poder ver isso.

Meia hora depois, quando penso que sem dúvida ela já está adormecida, nesse documentário inspirado à sua maneira pelas últimas décadas de ativismo feminista, faz-se uma leitura sobre como os leões machos são um peso para a manada, uma vez que todo o trabalho e as obrigações do cuidar da vida são geridos entre as fêmeas. Do travesseiro, com os olhos fechados e imóvel, ouço a comentarista responder novamente com aborrecimento:

"Que nojo."

"Que foi, mami? Nojo de quê?"

"Leões machos", responde. "São todos iguais."

Olho para a mesinha dela de novo: no canto mais próximo, há lenços de papel e a medicação, que foi trocada há dois meses. Mamãe está muito preocupada em continuar tomando esses comprimidos, e eu, depois de perceber que não são um placebo, não consigo entender por que alguém na sua condição continua recebendo tratamento de quimioterapia. Saio para o corredor e ligo para o hospital de novo, insistindo que por favor peçam ao seu médico que me ligue de volta em algum momento. Dizem que sim. Preciso entender, saber alguma coisa.

O que estamos fazendo? Os comprimidos são muito fortes para seu estômago, fraco como está. A noite chega, e o médico não liga de volta.

Na manhã seguinte, ligo mais duas vezes para a secretária de Oncologia, insisto que minha mãe é uma paciente em estado gravíssimo, que preciso que o médico reconsidere a visita presencial para a próxima consulta. Aguardo o dia inteiro pela ligação dele, nada. Mamãe terá de ir à consulta numa cadeira de rodas. Pelo chat de WhatsApp da família, planejamos que ela faça isso enrolada em várias jaquetas de lã para se proteger do frio e vá acompanhada dos irmãos.

Minha avó diz que talvez o novo tratamento faça efeito, que das outras vezes ela sempre melhorou. Que temos de ter esperança.

Eu tinha dezoito anos quando ela foi diagnosticada com carcinoma ductal infiltrante bifocal na mama direita. Agora confiro os relatórios médicos que eu guardava na pasta preta como se fossem me revelar alguma coisa. Mas a linguagem taxonômica da medicina não tem lugar nessa história.

> Intervenção 20/10/09: Lesão multifocal e multicêntrica na mama dir. Realizou-se mastectomia dir. mais esvaziamento axilar. Metástases linfonodais 7 de 14. Tamanho da maior metástase 0,8 cm.
> Discutido no comitê de mama em 18/11/09, decidiu-se tratamento com Radioterapia, Quimioterapia, Terapia Hormonal e Herceptin.

Não vou dizer mais nada, não vou citar o nome do tumor. Não quero que os outros um dia comparem nossos diagnósticos com os deles. Nem que possamos calcular sua má ou boa sorte por ter continuado a andar na calçada com botas de salto dez anos depois da primeira internação por carcinoma de mama com metástases hepáticas e ósseas em estágio inicial.

Quando ela fez a mastectomia da mama direita, eu estava começando a ler textos feministas. Como resultado dessas leituras, tive uma intuição, ainda que vaga, de que alguns aspectos fundamentais de como as mulheres vivenciavam o câncer eram de natureza política. Dias depois da operação, quando eu estava no meu quarto e papai na sala, mamãe me chamou do banheiro. Passava muito tempo ali, lavando e curando suas feridas, numa intimidade que me parecia misteriosa e um pouco triste.

"Sara, venha cá, olhe. Vou te mostrar uma coisa que *ninguém* nunca viu. Quer ver? A cicatriz."

Fiquei assustada com a ideia, mas lembro-me de ter muita consciência do que queria transmitir. Tranquilidade, alegria pelo oferecimento, vontade de ver. Achei que isso era político, superar meu medo – o medo herdado por todos – do corpo mutilado de uma mulher bonita. A linha cruzava o tórax, não faltava um peito, faltava carne que se recolhia para dentro, nas costelas. A ferida estava limpa, parecia acomodada, a cicatriz bem fechada. "Está ótimo, mãe, muito melhor do que eu poderia imaginar, obrigada por me mostrar", eu lhe disse. E era verdade.

Mas o que significava que eu tivesse sido a primeira a ver o novo lugar onde costumava ficar o seio antigo? Como os homens olham para as mulheres doentes? Como as mulheres doentes se mostram aos homens que amam? E, quando as mulheres ocultam seu corpo, por que o fazem? Quais são as consequências de um olhar que não encontra o seio, objeto fetiche que dá sentido à diferença sexual?

Não sei responder. Não vivi essa história em primeira pessoa. Mas sustento as perguntas, agarro-as, coloco-as à minha frente, porque sou filha de um homem e de uma mulher, no sentido mais convencional dos termos, de uma sociedade que constrói homens e mulheres diferentes e os faz viver juntos, os faz procriar, muitas vezes sem chegarem a se conhecer... pois ninguém há de pronunciar sua verdade, por medo de despertar horror na imaginação do outro. Como minha mãe, eu também temo ser contemplada com medo ou nojo. E, enquanto temo o isolamento que a doença às vezes traz, temo a doença com amor, mas sem sincronia, porque o corpo que dói raramente consegue se sentir acompanhado. Entre as coisas que me assustam, em primeiro lugar está a virada do olhar de outra que não suporta as mudanças do meu rosto assaltado pela dor.

David Le Breton escreve: "Para comprovar a intensidade da dor do outro, é necessário tornar-se o outro. A distância entre os corpos, a necessária separação das identidades, impossibilita a penetração na consciência dolorosa do outro [...]. Para conhecer a violência do fogo, é preciso ter sido queimado. No entanto, permanece a impotência de saber a extensão do sofrimento de outro que também se queimou". Algum dia tive a esperança de que Le Breton falasse não de um universal da dor e da distância, mas da história dos homens e das mulheres. Durante todo esse tempo quis acreditar que existe outra classe de amantes, as lésbicas, que se caracterizam por serem capazes de imaginar o corpo da outra tanto na dor quanto no prazer.

Na época, éramos três em casa, e só eu achava uma má ideia minha mãe fazer a reconstrução mamária quase imediatamente depois de terminar a radioterapia e a quimioterapia. Era preciso seguir com a vida, diziam os adultos, e isso também implicava tentar encontrar uma imagem o mais próxima possível do que costumava ser representado antes do câncer. As reconstruções mamárias são gratuitas na Previdência Social, e recuperar a "forma feminina" é considerado parte do processo de cura da mulher. Para acelerar o processo, minha mãe foi atendida por um médico particular, que a incentivou a reconstruir a mama "quanto antes", para que a doença "não afetasse sua autoestima". Tratava-se de um processo em partes, no qual primeiro se introduzia um expansor sob a pele para abrir progressivamente espaço para a prótese através de uma válvula. Uma vez instalada a prótese sob a pele exausta, o corpo – que também tem vontade própria à margem das ideias dos homens – a rejeitou.

Quando o corpo rejeitou a prótese, perguntei aos meus pais se poderíamos denunciar a pressa daquele médico particular, sua preocupação com o faturamento e com a feminilidade das suas clientes. Disseram-me o de sempre: que um processo seria mais caro e extenuante do que tentar procurar outras opções. Assim, ela suportou as dores da carne maltratada enquanto se informava sobre uma operação plástica alternativa: a reconstrução com tecido e gordura de outras partes da sua própria anatomia, incluindo as nádegas e a área do abdômen abaixo do umbigo. Antes de embarcar nessa nova intervenção, visitei com ela o primeiro médico "reconstrutor" da autoestima. Sua presença era paternalista, bronzeada e até sedutora. Achei que estava totalmente fora do eixo. Enquanto examinava o corpo da minha mãe deitado na maca, eu fazia perguntas que ele não conseguia responder.

Não lhe falava sobre a culpa, mas sobre a responsabilidade, sobre os efeitos que suas ideias como um homem heterossexual que desconhecia a teoria de gênero tinham sobre os corpos das mulheres que chegavam ao seu consultório. Perguntei se ele, que conhecia os tempos do corpo, não poderia ter recomendado à mamãe, que não os conhecia, que ela se desse mais espaço para a recuperação depois da químio e da rádio. Eu estava com raiva. E minha mãe, gostando.

A operação estética seguinte foi realizada com resultados muito bons por uma médica meticulosa e dedicada, que mais tarde se tornaria uma das melhores amigas da minha mãe. Meu pai acompanhou mamãe durante todo o processo, compareceram juntos às consultas e ele enviou um presente para a médica depois das longas horas de reconstrução da mama e aréola da sua esposa. Embora mamãe tivesse uma nova cicatriz ao redor do abdômen, era facilmente coberta pelo biquíni. Seu discurso sobre o quanto a plástica valeu a pena foi construído exatamente a partir de um objeto, o biquíni, e um contexto, a piscina do clube no verão. No verão seguinte, tudo o que seu corpo sofrera poderia passar despercebido por um olhar externo e fugaz. A pele do novo peito abaulava a parte superior do traje de banho de duas peças, e a barriga da qual a gordura havia sido removida parecia mais plana e lisa do que nunca.

Embora nunca tenha deixado de entender seu desejo de normalidade, acho que aos dezoito anos minha rebeldia teria desejado uma mãe sem peruca, com lenço colorido, uma mãe sem próteses e sem sofrimento extra pelas intervenções plásticas. Então ansiava por uma vida diferente para mim, com uma verdadeira amante lésbica que não hesitasse em proibir qualquer conversa sobre próteses e cirurgia plástica. Que me desejasse com uma cicatriz no peito, como as amazonas e os corpos sem gênero que transitam. Queria conhecer uma pessoa diferente, de fora daquele mundo herdado dos meus pais, onde capital e beleza andavam de mãos dadas, semeando em mim o terror da perda do corpo desejável. E queria ser amada por um tipo de lésbica anterior à legitimação social da homossexualidade, amada até o limite por mulheres independentes e bonitas, muitas vezes tratadas como monstros e temidas nas ruas das cidadezinhas onde nasceram. Quando mamãe finalmente se divorciou, eu também queria o mesmo para ela. Que fosse adorada por uma *butch* forte e carinhosa, que fossem juntas a shows, fizessem caminhadas com botas de trekking – que teriam dado uma à outra como presente de Natal – e ficassem à tarde deitadas no sofá vendo filmes e comendo pipoca.

No fim da vida, mamãe chegou a achar que era uma boa ideia.

Amanhã, enquanto mamãe estiver em consulta, falarei sobre a Paris do Segundo Império para uma turma de cinquenta estudantes. A ideia parece totalmente absurda. Preparo o tema na cama ao lado, enquanto ela fuma com dificuldade. Com um artigo de Walter Benjamin sobre os joelhos, olho para ela um pouco de canto do olho, para que não se sinta observada. Tenho medo de que solte o cigarro e queime a pele, assim como minha avó teme que mamãe fume à noite e ateie fogo no quarto quando ela não estiver por perto para observá-la. Mamãe não quer que ninguém durma ao seu lado, porque ainda é capaz de fazer as coisas básicas. Caminha em pequenos passos até o banheiro, que visita com frequência. Sempre fomos de fazer xixi muitas vezes, e agora ela precisa fazer mais. Até ontem não nos deixava acompanhá-la, agora eu me levanto toda vez que se levanta, ela tolera a companhia até a porta e depois, misteriosamente, consegue fazer xixi sozinha.

Todos os seus irmãos passam pela casa da minha avó regularmente desde que ela ficou mais doente. É como quando moravam juntos ali, de repente entram na cozinha, com a fome da rua, e vão até a geladeira, agora cheia de smoothies nutritivos, caçar algumas fatias de presunto ou um pedaço de queijo, que depois cortam com uma faca curva sentados à mesa, acompanhados de um copo d'água ou um refrigerante. Não tenho irmãos, e sempre me emocionei com a família da minha mãe. Às vezes eu me sentia como uma delas, a última filha da minha avó, aquela que nasce depois que tudo aconteceu. Mamãe, a primeira, sempre se fez respeitar, era muito boa no papel de autoridade juvenil e próxima, e talvez tenha sido uma irmã mais velha para mim também. Agora os dois homens entram no quarto dela, o mais velho acariciando seus cabelos e o segundo segurando a mão da minha priminha. Fico imaginando como a menina vai ver a tia, se vai ter medo, se vai conseguir registrar sua transformação nos últimos três meses.

No fim da tarde, mamãe quase não fala e, quando fala, sua voz é um fio delgado, um instrumento imponente, sem foles. Sei que ela quer ficar sozinha comigo, que sigamos as duas no quarto de infância dela, ocupando as duas camas paralelas. Minha mãe é um passarinho ausente e elegante, com um par de óculos para leitura que parecem enormes, quase não estão mais presos ao rosto, mas dão a ela uma aparência brincalhona e terna. Indiretamente, expulsa seus irmãos do quarto depois de um tempo, para de olhar para eles, para de falar.

Quando ficamos sozinhas, ela sorri e diz: "Sara".

É pequena e bonita. Diminuta e bonita.

"Mami, você sabe que você é a pessoa que eu mais amo no mundo?"

"E eu, a você. Corra, senão vai perder o avião."

É realmente ela a pessoa que eu mais amo no mundo ou acabo de dizer uma mentira? Não sei se decidi ou se pronunciei aquilo porque era um diálogo que já estava escrito. Não sei se há uma pessoa que eu mais amo no mundo.

Foram muitos conflitos, durante os últimos anos senti que não tinha mais uma mãe que cuidasse de mim, que se preocupasse comigo de forma maternal. Não vou falar sobre eles aqui, mesmo que isso signifique não contar toda a nossa história. Em silêncio, censurava-a por seu afeto não ser doce, mas violento e possessivo. As leituras feministas que criticavam a maternidade concebida pelos homens como um espaço passivo de entrega e cuidado não haviam mudado meu desejo de ter uma mãe-mãe. Um refúgio tranquilo para onde voltar, e não um lugar de traumas e conflitos. Ela dizia que eu era uma manipuladora, uma charlatã, que brincava com as palavras, que era sedutora e uma grande atriz, como meu pai, e era por isso que eu atraía as pessoas.

Se as mães sabem tudo sobre nós, então devia ser verdade. Como ela repetiu isso tantas vezes, acaba sendo uma suspeita minha: procuro no íntimo e rastreio minhas vilezas, meço e arquivo as vezes que ajo movida pelo desprezo e por egoísmo.

Então, a culpa: ela acha que eu não a apoiei no divórcio. Meus pais se separaram, eu não me posicionei, não me separei de nenhum deles. Quando você ficou com raiva, mamãe, quando você me confundiu com o objeto do seu desconforto, eu aceitei o fardo envenenado e o carreguei nas costas, voltei dia após dia para sua raiva, para ver como seguia em frente, e não fui embora. Aceitei o insulto, já que vinha do amor. Alguns momentos eram mais doces. Você era amável, gentil e companheira. Como agora.

Quase sem perceber, disse que ela é o que eu mais amo no mundo. Não pode não ser verdade.

Às seis e meia da manhã, desço os quatro lances de escada do apartamento na Plaza de España até à porta. Para ativar o conteúdo de hoje na mente obtusa, escuto um podcast da Universidade de Cambridge sobre o dandismo na modernidade e tento organizar a aula das oito. Entre o metrô e o trem, tenho uma hora e meia de viagem até o campus e novamente não consegui dormir mais de três horas seguidas. Minhas bochechas e testa queimam, sinto os olhos pesados e os músculos doloridos. Como todos os dias durante semanas, acordei de repente às cinco da manhã, uma espécie de pontualidade maldita. Na Plaza de Cataluña entro num trem sem assentos livres e fico de pé num canto, ajeitando os fones de ouvido, que caem o tempo todo. Volto ao podcast para repetir os últimos cinco minutos: "O dândi não era nem vaidoso nem aristocrata, mas o sujeito que sublimava sua vida na busca ativa de uma versão estilizada do próprio eu...".

O dândi. Penso em meninas de cabelos curtos vestidas de terno, oferecendo cigarros da sua piteira e acendendo-os entre os lábios de outras meninas de saias-lápis e meias pretas. Depois, penso na minha mãe, numa foto em preto e branco na qual aparece fumando sozinha em frente a um salgueiro, com os cabelos amarrados num coque e sapatos de salto quadrado médio. Lembro-me da minha adolescência. Todo esse exercício de sofisticação das formas, também a busca por outro tipo de inteligência que me levasse além do discurso usado ao meu redor. Na minha cidade litorânea, já era um problema grande o suficiente ser lésbica, então eu tinha de proteger minha família mantendo-me acima da reprovação em todo o resto. Eu me preocupava com minha mãe, meu pai e minha avó. Eu não queria constrangê-los nem ser a razão pela qual seus conhecidos baixassem a voz quando contavam algo. Persegui meus objetivos enquanto cumpria alguns valores "universais": vestir-me corretamente, sorrir, usar os gestos do meu gênero, conseguir bolsas de estudo, ser aceita em universidades de Londres.

Eu não queria causar mal-estar a ninguém, ainda não quero. É por isso que às vezes tremo atrás da escrita e nunca digo totalmente a verdade.

No gabinete, pego alguns livros e depois percorro os corredores para chegar à aula cinco minutos antes do prazo. Ainda não consegui decorar bem o mapa do prédio, tenho de ter o cuidado de fazer sempre a mesma rota para não me perder no caminho para a sala de aula. Um grupo de estudantes conversa na porta e sorri para mim quando chego. Quantos anos têm? Não parecem muito mais jovens do que eu. Na aula, ouvem com olhos arregalados, e eu acompanho suas impressões nas mudanças de postura e de gesto. Algumas também devem estar apaixonadas e, no meio da aula sobre Baudelaire, a lembrança do rosto de seu amante olhando fixo para elas passará por sua mente. Algumas terão perdido esse rosto para sempre – nunca mais voltarão a olhá-las da forma como se lembram –, e a ideia de perda será o mesmo que o desencanto com a própria vida, de modo que o chato Baudelaire e suas ideias sobre o excepcional não poderão interessá-las minimamente. Eu também não teria escolhido falar sobre isso esta manhã, e vou vasculhando entre tudo o que sei para tentar encontrar, dentro do assunto, o que mais se assemelha à minha vida.

Minha mente está turva. Diante de cinquenta pessoas e com um café quente na mão, apoio-me nos textos e leio o único poema em que consigo pensar agora. Baudelaire escreve para uma mulher que passa na mesma rua que ele percorre. Uma mulher desconhecida, alta e magra, vestida de luto rigoroso. Ele a imagina tocada por uma tristeza que marca seu modo de andar. Nomeia o furacão que acredita ver nos seus olhos, talvez de um azul lívido e doce. A dor faz dela uma possível interlocutora para o tipo de amor sublime a que aspira.

Um relâmpago... e após a noite! Aérea beldade
E cujo olhar me fez renascer de repente
Só te verei um dia e já na eternidade?

Bem longe, tarde, além, jamais provavelmente
Não sabes meu destino, eu não sei aonde vais
Tu que eu teria amado – e o sabias demais![2]

Só o presente pode ser o tempo do amor, começo dizendo. Mas não o presente da produtividade e da sedução num mercado competitivo. O tempo acelerado da cidade moderna, a Paris em desenvolvimento do Segundo Império, proporciona o cruzamento de caminhos e o breve encontro dos olhares que o poeta tenta captar. A mulher descrita é uma vida diferente da sua, com seu próprio passado e seu livre-arbítrio, que a leva para um futuro incerto. O encontro de olhares no anonimato acelerado da cidade revela o possível impossível: a possibilidade de uma união íntima que não se realizará porque os corpos são

---

[2] "A uma passante" (in: *As flores do mal*), tradução de Paulo Menezes.

movidos por duas vontades diferentes, dois caminhos, dois objetivos. Paris, a cidade dos bulevares e dos dias de trabalho, acelera os ritmos e organiza-os de tal forma que há planos, projetos. O amor sublime só pode surgir no meio de tudo isso como um relâmpago, um indício. Do reconhecimento da vida nesses olhos, no entanto, extraímos a esperança de que o amor seria viável se o tempo estivesse suspenso; e a vontade, em sintonia.

"Vocês não acham que há reciprocidade nesse reconhecimento que o poema registra?: 'Tu que eu teria amado – e o sabias demais!'. Ou talvez seja apenas a ilusão de uma reciprocidade projetada numa estranha que olhou para ele por um segundo antes de piscar e pensou que o poeta era um sujeito muito estranho, com traços bastante perturbadores e um terno não muito limpo. Nunca saberemos, tenho certeza de que Baudelaire também não.

"De qualquer forma, o amor não realizado, não posto à prova nos diferentes cenários da vida, costuma ter muitas chances de permanecer num lugar ideal da memória. O amor que não se materializa é pura ideia, e como ideia pode acabar sendo o totem que representa e capta todo o nosso desejo, o próprio desejo. Nunca podemos deixar de desejá-la porque a vida nunca nos permitirá conhecê-la. Como lhes dizia na outra aula, o desejo é uma força que busca resolver o mistério do outro, sua diferença, seu enigma. O desejo deseja sua própria extenuação. O amor é outra coisa. Tem a ver com familiaridade, reconhecimento e vida. Embora esta seja só a forma na qual ordeno meu pensamento. Temos de atribuir significados às palavras com rigor se quisermos nos comunicar. Definam seus termos livremente, mas reservem um tempo para entender o que as palavras que vocês dizem aos outros significam. As que vocês me dizem. Para a elaboração do primeiro relatório, isso é o mais importante. Não escrevam frases vazias, lugares-comuns, moral do dia."

Eu falo e tenho em mente o rosto dela no momento em que nos despedimos num vagão de metrô. Eu me segurava em uma barra de metal e Ela estava com um braço na minha cintura e apoiava o rosto no meu ombro porque estava com sono. Não sei se alguém é capaz de não falar da vida, da própria vida, quando vai dar uma aula. Todes alunes, sem dúvida, estão pensando em si mesmes; e eu, como elus, sou uma presença quase adolescente, presa no fluxo e refluxo das paixões, encaixotada entre o amor e o medo.

Depois da aula, mando uma mensagem para minha tia perguntando se conseguiram que mamãe aceitasse usar fraldas durante a noite, assim não teria de se levantar tanto para ir ao banheiro. Minha imaginação devaneia várias vezes, pintando uma cena em que ela está deitada no chão do corredor e, de repente, começa a sentir todas as dores que não sentiu até agora. Depois de alguns minutos, minha tia confirma que ela concordou em pôr a fralda. Acrescenta que os resultados dos exames médicos que faltavam chegaram e que seu médico, que não me respondeu a nenhuma ligação nos últimos dias, ordenou que ela fosse visitada por uma unidade de cuidados paliativos naquela tarde, para verificar se precisa de algo.

Só isso? Na última consulta, ele tinha trocado a medicação, dado uns comprimidos de quimioterapia. Depois, tornou-se completamente não localizável. Um mês depois, no dia da consulta marcada, de forma tão simples, a confirmação do que já sabíamos chega tarde. O que fizemos de errado para que o processo se tornasse esse carnaval alucinado? Agora podemos finalmente ser sinceras. Ela também saberá disso. Cuidados paliativos, a fase final de dez anos de câncer.

Uma fase sem esperança nem metáforas de luta, vencedores e inimigos. Imagino o que vem como um período de verdade, de comunicação, de aceitação do que existe. Quero viver isso com minha mãe. Tomá-la nos braços, tão pequena como está agora, poder cantar-lhe uma canção, ou melhor, um zumbido que a envolva, que suavize o pouco peso do osso e o roçar dos lençóis.

Me despeço por telefone com um até amanhã; vou entrar num avião agora, estarei lá antes do meio-dia.

Depois, fico na fila da cantina de Filosofia e Letras e continuo de pé, por fim, com um café na mão. Tomo um primeiro gole rápido, e ele me dói na barriga vazia. Também peço meio sanduíche e o enfio, entre guardanapos, num bolso da mochila. Sei que não vou conseguir cozinhar quando chegar em casa, não vou conseguir dormir quando a noite chegar. É por isso que abro a página do Booking no celular e procuro quartos de hotel disponíveis em Barcelona para esta noite. Sei que Ela vai à ópera e vai jantar com um parente hoje, mas de qualquer forma lhe envio uma mensagem, caso queira dormir comigo quando terminar.

A resposta é quase imediata: aceita o convite sem hesitar. Em algum lugar desta cidade lotada de gente, é um presente que alguém não hesite em compartilhar a noite. Procuro um hotel perto do Liceu para que eu possa chegar lá a pé, para que eu possa chegar lá quanto antes.

QUATRO

Não me lembrarei de quase nada do funeral. Perguntam-me se quero ler um texto para a minha mãe. Alguém disse ao padre que a filha escreve. Mas como vou escrever algo assim em tão poucas horas? E, sobretudo, com que força vou lê-lo; ou vou desabar em lágrimas na parte mais alta e visível da nave central? Recuso a proposta. Não estou preparada, e o funeral de uma mãe merece silêncio. Um silêncio denso e pesado que resvale pela testa e sufoque a garganta, enchendo-a de óleo. Falar agora na frente de todas essas pessoas? Não quero me tornar a protagonista do evento. É à minha mãe que eu devia ter falado ao ouvido, com voz mansa: "Não se preocupe... você sabe o que fazer, não hesite, no fim ganhou o descanso, ouça: Aqui estão os sintomas da terra que se funde à água...".

A igreja está tão cheia que parece a missa do galo de Natal. Fui a esse mesmo lugar em muitas missas do galo e sentei-me num banco, entre minha avó e minha mãe. Agora minha avó está sentada na primeira fila com seus filhos restantes, e eu me sento na segunda fileira para estar ao lado de D., que segura minha mão com sua mão pequena. Assim que soube o que tinha acontecido, pegou o primeiro avião de Londres para Madri e passou a noite num quarto com vinte pessoas, num hostel reservado de última hora para chegar de ônibus ao funeral em Gijón na manhã seguinte. No banheiro compartilhado, ela prendeu os cabelos e se enfiou num conjunto azul pálido, que manteve perfeitamente passado com um esforço que não consigo imaginar. Esperou tomando o café da manhã numa cafeteria ao lado da igreja, e quando a vi me senti muito grata por sua viagem, pelo azul suave da sua jaqueta, por sua presença tranquila...

Para que a mão da filha da mulher cujo funeral acontecia pudesse ser segurada durante a cerimônia, ela sozinha, tendo aprendido a decência em casa, decidiu ficar na segunda fila, escondida entre outros corpos mais visíveis.

O padre escolhe uma passagem sem sentido que fala do pecado original e do papel da primeira mulher nessa questão. "É sério que ele está lendo isso?", aperto D., pressionando nossas mãos entrelaçadas na perna da calça dela. O pecado, o pecado. Uma risada angustiada dentro do peito. Mamãe me olharia com cara de paisagem, tentando me impedir de fazer qualquer comentário em voz alta. Só mamãe, D. e eu entendíamos o que estava sendo pregado. E minha raiva por ter de ouvir aquela panfletagem na sua cerimônia de despedida. "Azar, Sarita," ela diria, "há coisas mais memoráveis nos livros sagrados."

Quando, no fim da missa, a multidão começa a se aproximar para me dar os pêsames, sinto-me absolutamente incapaz de receber todos aqueles rostos de uma só vez. Uma senhora que não consigo reconhecer põe a mão no meu peito e com um rosto choroso começa a repetir: "Pobre menina, que dó da menina!".

Rompo a chorar, e D. e eu deslizamos para os bancos dos fundos para perder de vez o protagonismo. Quero ver de fora o que acontece, como uma morta veria.

Sinto uma pontada constante nos rins, e a dificuldade de respirar tem se acentuado. Já se passaram dois dias desde o funeral da mamãe, e estou pegando o último voo para Barcelona para dar uma aula de Literatura Comparada na manhã seguinte. Não liguei para a universidade para pedir um dia de folga porque, de repente, dar essa aula é a única coisa que faz sentido. Enquanto ela estava doente, insistiu muito para que eu não faltasse ao trabalho. Por que eu faria isso agora, quando não posso mais vê-la?

Meu pai me leva, é um hábito; a diferença é que desta vez aconteceu algo sobre o que não conversamos. Papai nunca vai falar sobre isso, e dela também não. O passado é passado, e o passado que doeu é enterrado para sempre.

"Sara, você tem a capacidade de contar histórias e torná-las mais benevolentes do que eram, mas eu não. Eu paro de pensar e depois me esqueço, não ache que estou sofrendo por causa disso." Ao cruzar a entrada, ele arrasta minha mala pelo corredor e diz: "Agora você vai comer alguma coisa". Caminho ao lado dele enquanto se aproxima do balcão da lanchonete com uma nota na mão. Me faz um gesto para me encorajar a pedir algo.

Sorridente e até feliz, ele me deixa na fila e, quando passo no controle de segurança, ele acena do outro lado com um gesto efusivo. Há anos que respeitamos o ritual: chego às escadas rolantes e me viro para olhar para trás. Não sei o que significaria para ele se um dia eu parasse de fazer isso. Conserva-se um vínculo se os gestos forem mudados? Nós dois temos o romantismo como único repertório básico, levamos isso para todos os lugares na fala, na escolha de espaços e nas formas de lidar com as coisas. Não diferenciamos, o amor é um só, seja para quem for, e sempre pede para dar, para estar presente, para ficar eufórico, para olhar para trás nas despedidas.

Se as câmeras do aeroporto tivessem registrado as centenas de vezes que passei pelo controle de segurança, talvez se revelasse uma mudança definitiva no meu rosto; a viagem depois de uma perda fundamental. No entanto, quando subo para a área de embarque, fico estranhamente obcecada em ter tempo de parar na loja do aeroporto e comprar uns queijos asturianos para Ela. Antes de viajar, tinha lhe prometido que os levaria, não quero faltar com a palavra.

Tudo pode acontecer, a morte pode acontecer, mas vou cumprir o que disse olhando nos olhos que já suspeitam de mim. Que desconfiam porque eu falhei, desde o início falhei por não ser o grande amor que aparece sem passado nem presente, apenas com a promessa de um futuro para Ela.

Já se passaram cinco minutos da hora de embarque impressa na passagem. Que queijos, que malditos queijos vendem ou não na minúscula loja do *duty-free*. Tudo me parece muito curado ou gorduroso demais, untuoso e vulnerável aos desafios da viagem, ou duro e difícil de cortar. Envolvo a funcionária numa conversa insuportável sobre graus de consistência e texturas – nada que ela seja obrigada a saber – enquanto, a poucos metros de distância, vejo as últimas pessoas desaparecerem da fila de embarque.

Sorrio e digo "Obrigada" o tempo todo, tentando adoçar minha ansiedade vociferante, minha imposição de tê-la transformado naquela tarde em especialista em queijos, uma balconista de uma loja gourmet caríssima que tem de inventar os discursos que agregam valor a produtos simples, ou uma alcoviteira que tem de adivinhar o presente ideal para que o alvo seja seduzido. É apenas uma loja *duty-free*, vendem latas de *fabada* e manteiga cremosa ao lado de tabaco e perfumes. Sorrio e digo "Obrigada", porque estou vestida de preto e os óculos escuros cobrem meu rosto, e uso os cabelos muito longos e um terno com corte masculino, mas com um ar de filhinha do papai, e tenho certeza de que pareço arrogante, uma pessoa chata que pode se dar ao luxo de traduzir a dúvida existencial em angústia sobre a seleção de queijos regionais. Ou talvez pareça alguém sem tempo, que tem de levar um presente para acalmar as coisas em casa, mas não se lembra disso até o último momento, depois da chamada para os passageiros com voo para Barcelona.

No fim, escolho um de cada tipo, exceto o azul cremoso, frágil e fedorento, e pergunto se ela pode "colocar lacinhos" numa embalagem com uma garrafa de vinho.

"Desculpe, não fazemos essas coisas na loja do aeroporto. É um aeroporto *pequeno*."

Continuo sorrindo e peço perdão. Compro para mim um lápis vermelho, de um vermelho bonito, antes de perceber que tem a palavra "Astúrias" escrita de um lado e que, por isso, é bem possível que eu nunca o use. Não posso tolerar um lápis que diga "Astúrias" na minha mão, assim como não tolero meus presentes espalhados de qualquer maneira numa sacola de *duty-free* com a passagem no meio. No entanto, pareço ser capaz de me arrastar com a dor forte nos rins. A falta de ar dificulta que eu continue pedindo desculpas quando chego à esteira de embarque, desculpas quando têm de despachar minha mala porque não há mais espaço suficiente na cabine, desculpas à equipe que está encarregada de lidar com a bagagem. É tarde, ninguém espera que uma última pessoa atravesse o corredor à procura do seu lugar. Fico pedindo perdão dentro de mim: a D., a Ela, a mamãe.

Perdão, mamãe, o que estou fazendo me apaixonando no meio de tudo isso? Tirando seu protagonismo?

A mulher com um assento no corredor, que eu faço levantar-se para me sentar no meu lugar, me olha de um jeito estranho, pois não há luz solar dentro do avião e ainda estou usando óculos escuros: "Desculpe-me, usar esses óculos não é frescura, as lentes têm grau, não consigo enxergar sem elas".

Ela franze a testa em resposta à minha explicação, que não foi solicitada.

Acho que consegui terminar a aula sem que ninguém percebesse que o funeral da minha mãe foi há dois dias. Tento fazer com que aproveitem, presto atenção à forma de olhar nos olhos delus. Um olhar direto é uma oportunidade de vínculo que nem todo mundo aguenta. Se o olhar que me devolvem é doce, em algum momento começamos a nos gostar. Os olhares de algunes de mis alunes são empáticos, vejo que se importam com que eu, sozinha ali no meu pedestal, também esteja bem. É por isso que não quero contar o que aconteceu, pois, caso se pusessem no meu lugar, não conseguiríamos avançar na aula.

Não sou muito boa como professora universitária, se for avaliada no sentido clássico. Talvez seja minha personalidade ou minha péssima memória. O conteúdo programático da disciplina de Literatura Comparada é muito amplo, abrange décadas. Nunca fui uma aluna que repetia a lição de forma memorável, passei com esforço e alguma glória pelo sistema educacional graças a determinadas artes. No centro delas estava a paixão: sentia profundamente tudo o que tinha a dizer, passava pelo meu corpo e pela minha experiência como uma peneira que fornece informações ao grão que separa. Hoje tenho o mesmo perfil de quando era estudante: se me concentro em dados e coordenadas históricas, duvido e fico paralisada por inseguranças, entro numa estupidez na qual perco todo o controle sobre a matéria. No entanto, quando desenho mapas de conexões conceituais, passadas por aquela coisa animal que é a experiência, parece que tudo o que digo soa como verdade.

Desbloqueio o telefone e, ao fazê-lo, leio uma mensagem dela, que me pergunta como estou me sentindo e me diz que, se eu estiver triste, posso ir para a casa dela durante aqueles dias. É uma mensagem simples e bonita, na qual também leio: "Venha, vou fazer legumes cozidos para o jantar e abriremos duas garrafinhas de cerveja. Venha, minha casa também é um lugar para descansar sua intimidade, sua exaustão".

D. vai se mudar para Barcelona daqui a uma semana, como planejamos há meses. Ela herdou de uma tia um andar térreo convertido em loft na Barceloneta, bem ao lado do mar. Quando morávamos em Londres, sonhávamos pensando na decoração, na cerâmica para a cozinha, nas compras no mercado local e nos banhos de mar. Como coisas tão horríveis puderam acontecer desde então? Não é a primeira vez que me relaciono com outra pessoa desde que estou com D. Não é bem esse o problema. O problema é que suspeito que Ela vai necessitar que eu ame menos D., que cuide menos dela, que a deseje menos. Você pode fazer malabarismos quando a pessoa por quem está apaixonada tem um relacionamento em outra cidade. Mas na mesma cidade? Inviável. É o que Ela está pensando. Não tiro nenhuma das suas razões, embora, para mim, de um lado estejam as razões e, de outro, o amor e a vida.

Se eu a visse chegar por aquele lado da rua, se Ela estivesse chegando, meu corpo se iluminaria, eu ficaria contente muito rápido, meus pés se jogariam na direção de onde Ela vinha. Se, por outro lado, D. aparecesse, meu corpo a reconheceria da mesma forma, ficaria contente, talvez eu demorasse alguns segundos para me certificar se ela realmente está na cidade, se é D. e não outra pessoa. Então encontraria o olhar azul e bondoso, caminharia em sua direção atravessando uma rota que, de tantas vezes percorrida, já deixou um sulco profundo na terra. A rota feroz da água.

Chego em casa depois da aula e descubro que toda a roupa de cama está presa na máquina de lavar. Coloco no chão a mala e a sacola com iogurtes, mirtilos e café que pretende conter tudo o que preciso para minha subsistência pelos próximos dias. Não consigo encarar aquela janela redonda que revela lençóis molhados e, sozinha na cozinha, começo a me lamuriar enquanto pressiono botões aleatórios. Está claro que sou uma inútil, que não consigo me cuidar. Como as pessoas conseguem ter empregos de oito horas, filhos e uma cama com a colcha limpa? De pequena, em casa, meu pai tinha uma carreira bem-sucedida e eu tirava a média na escola. Mamãe, depois de largar o emprego de advogada para cuidar de nós e também abrir mão dos concursos para se tornar juíza, ficou no comando da lavanderia, sem muito ânimo. Encolhia a lã com a secadora. Não lavava as roupas delicadas à mão e contratava alguém para fazer a tediosa tarefa de passar as sete camisas semanais do meu pai.

Choramingando e com o nariz escorrendo, vou até a lavanderia automática que fica perto de casa, na avenida Mistral. Primeiro tento torcer o excesso de água no boxe e, dentro de um saco de compras, carrego minha cama molhada.

A sala é branca e azul e pretende dar uma sensação de limpeza. Não é uma paisagem decadente como eu pensava, está equipada com telas sensíveis ao toque e instruções para baixar um aplicativo que avisa quando sua roupa está pronta e você pode pegá-la. Escolho uma opção de secagem de menos de dezessete quilos, por vinte minutos. Pago dois euros e cinquenta e me confundo ao enfiar tudo numa secadora diferente daquela que tinha selecionado. As lágrimas voltam a cair dos meus olhos, desta vez assistindo estupefata a como uma máquina vazia gira. Tenho de esperar vinte minutos para que a roupa-fantasma termine e depois esperar mais vinte minutos pela minha roupa de cama.

Tiro da bolsa um livro chamado *Outra vida para viver*, que Anna me emprestou; ela trabalhou como livreira enquanto estávamos juntas, e é a pessoa que conhece os livros mais bonitos. Leio várias páginas sobre um homem que passa um inverno sozinho numa cabana na neve para superar um fracasso no trabalho. Isolar-se na neve me parece uma resposta excessiva a um fracasso profissional, mas choro quando ele começa a falar de uma raposinha faminta que o visita todas as noites para partilhar o jantar e que mais à frente ele encontra empalhada na sala de um sujeito que gosta de caçar.

Com a roupa seca, saio para a rua e fico olhando as plantas de uma pequena floricultura. Vamos nos encontrar em três horas, e eu quero levar mais do que apenas alguns queijos do *duty-free*. Olho para as margaridas-amarelas, os ramos perfumados de eucaliptos jovens, as peônias. O que eu quero mesmo é um objeto de encantamento que faça nosso relacionamento sobreviver a esta semana de vida que parece restar-lhe. Penso em levar flores, mas parece um gesto batido, que supõe uma traição. Em Londres, D. costumava encher seu quarto de flores sempre que eu ficava na casa dela por vários dias. Arrumava os objetos sobre a mesa, dobrava sobre a poltrona as roupas espalhadas do chão, fazia a cama e espalhava vários recipientes com crisântemos amarelos e laranja. Faltam poucos dias para a chegada de D. a Barcelona.

Procuro uma flor que nunca dei e sei que nunca vou dar a D. Também olho para as plantas, noto sua cor, a vitalidade e a carnosidade das folhas. Suponho que estou procurando um traço de saúde irrepreensível, quase artificial. Procuro as mais altas, as mais verdes, as que possam iluminar sua sala e lhe fazer companhia por muitos anos, mas D. gostaria de todas elas. Nada me convence, e pergunto à dona do lugar se ela tem algo melhor. Ela me diz que tem uma orquídea fúcsia: gigante, um pouco pesada e bastante cara.

Deixo a sacola com os lençóis já secos na floricultura para sair abraçando o vaso; tentando distinguir a calçada através das folhas, avanço com dificuldade.

Sempre se passam pouquíssimos segundos desde o momento em que bato à sua porta até Ela abrir. Nesses segundos, brinco de imaginá-la: qual será sua expressão? Alguma que eu já vi antes e posso reconhecer? Terá energia ou estará cansada? Como vai olhar para mim? Está usando uma roupa esportiva preta e o cabelo preso. Na mão direita segura um pano de prato listrado porque está preparando o jantar. É a primeira vez que abre a porta para alguém cuja mãe acabou de morrer, e eu não quero que isso a deixe nervosa. Sorrio, abraço-a e me viro para oferecer a planta que descansa no chão. "Para o seu quarto..."

Por sua expressão, vejo que não esperava um presente, mas fica satisfeita em recebê-lo. Diz que o apartamento está precisando muito de plantas. Ela mesma estava pensando nisso dias atrás... Em seguida, vai para a sala e a instala junto à janela. Eu tinha pensado que poderia colocá-la em seu quarto. Ela balança a cabeça: "Não é bom dormir com elas, roubam o oxigênio".

Dormimos com pessoas e ninguém se assusta com a possibilidade de nos sufocarmos por causa disso. Qualquer menina que trouxer para casa vai tirar mais ar dela do que essa pobre orquídea.

Sigo-a até a cozinha, onde há uma panela cheia de purê de abóbora. Ela retira o recipiente do fogo recém-apagado e me observa por alguns segundos. Levo a mão ao elástico da sua calça de corrida. A pele ainda está úmida e quente depois de ter transpirado. Ela se agita um pouco, surpresa.

"Estava tentando não sobrecarregá-la com muito contato. Achei que você estaria triste."

Eu estou triste. Peço que Ela venha ao quarto por um instante.

Rodeio sua nuca e a acaricio para enfiar a língua na sua boca enquanto sustento seus pequenos quadris com meu braço livre. Seus movimentos são suaves e me seguem, Ela tenta não propor nem iniciar o movimento. Peço que faça isso, estou exausta e a quero dentro de mim, mas Ela se afasta por um segundo e acende a vela na cômoda em frente à cama.

Então me despe, me olhando assim de novo, com um esforço de concentração semelhante à dor. Tem o olhar penetrante, qual é a dúvida? Tira a calcinha com uma delicadeza nova, fica de frente, entre minhas coxas. Acho que não sei, nem poderia, nem quero, fazer outra coisa que não seja estar ali, tê-la na boca, nos dedos, que me escolha neste momento em que eu também estou a escolhendo.

Ao me erguer, meus músculos do ventre tremem, sigo em frente. Há uma torrente de lembranças de ocasiões anteriores em que estivemos juntas que conversam com as imagens de agora.

Cuspo no peito dela e espalho a saliva com a ponta dos dedos. Depois no ventre, até que reste uma mancha densa no lado esquerdo do umbigo, que Ela observa com surpresa. Cuspo outra vez, imobilizando seus quadris com as mãos, e Ela ronrona satisfeita com o som que fazemos quando nos encontramos. Essa é sua exigência, que possa ser suave e firme, por um momento parecer suja. A nova saliva cai sobre a primeira e rompe a forma anterior numa estrela de quatro pontas. Volto para a sua boca e derramo o líquido que me resta de cima, a certa distância, observando em câmera lenta como passa entre seus lábios. Está surpresa porque estou lhe dando o que Ela vê nos filmes quando está sozinha. A imagem da mulher de boca aberta que se aproxima da sua barriga para recebê-la é exatamente o que Ela quer, mesmo que a prefira no espaço tranquilo do seu quarto, com carinho. Eu a envolvo devagar, olhando-a, para que possa me ver. Então, deitada ao lado dela, agarro-a forte pelo antebraço e a direciono para mim.

À meia-noite, jantamos o purê de abóbora com uma taça de vinho.

Como se nada tivesse acontecido, conversamos levemente, damos as mãos sobre a mesa. Parece que é normal estar bem, que não machucamos ninguém, ninguém me espera ou pensa em mim em outro lugar que não seja este. Ela fala sobre sua primeira paixão no jardim de infância.

"Você vai gostar desta história, Sara. Veja, eu era fascinada por uma garota que tinha tranças castanhas muito longas. Toda ela era morena, como você, mas com traços mais catalães, não tão de falsa filipina quanto os seus. Agora que penso nisso, acho que ela se parecia muito com Silvia Pérez Cruz... seu nome também era Silvia. Sem saber que aquilo era errado, disse à sua melhor amiga que gostava muito dela, como os pais e as mães se gostam, e no dia seguinte, no pátio, vi Silvia avançando decidida na minha direção, com a mão levantada."

"Ela queria bater em você?"

"Na hora eu pensei que sim, que queria me bater, mas tudo bem. Na escola, os meninos que gostavam de alguma menina costumavam provocá-la, tornar a vida dela impossível, era uma forma de expressar seu interesse sem parecerem fracos. Corri como um animal para que ela pudesse ver como eu era rápida e me amar ainda mais. Foi uma grande oportunidade de mostrar meu valor. Talvez eu nunca tenha sido tão feliz, juro, estava muito feliz correndo, atravessei a quadra de basquete com ela em meu encalço. Eu não podia me virar, porque você sabe o que acontece com quem olha para trás: não alcança seu objetivo. Foi meu grande momento, corri como nunca com a garota atrás de mim. Seu nariz era redondo e bronzeado, uma bala de caramelo. Meus tênis estavam um pouco escorregadios porque a sola era nova, e ainda assim estava indo tão rápido que ela nunca teria me pegado."

Posso imaginá-la perfeitamente, tão otimista e determinada. O espírito de competição aprendido ao longo de anos treinando handebol. Quando fala, parece que repete algumas das frases que o treinador gritava para convertê-las em máquinas capazes daquela coisa chamada "autossuperação". Quem sou eu ao lado dela? Não uso tranças, mas meus cabelos longos e escuros caem pelos lados do rosto, estou exausta de sono. Meu maior pesadelo sempre foram os esportes coletivos e a humilhação que significa chegar por último. Na cama, seu corpo é firme; seus contornos, exatos. O meu tem a textura de uma lesma-do-mar, e meus limites se confundem, como se eu pudesse transbordar. Quem será que Ela vê quando olha para mim? Por que me escolhe? Talvez não fosse eu, mas qualquer outra Silvia, mais bonita, com uma casa de família na Costa Brava e um gosto convencional pelo linho e pelas alpargatas.

Pouco se importa com o que sinto, com o que estudo, com o que escrevo. Não me pergunta. Só o fato de D. existir parece lhe importar. Também não entendo muito bem o que Ela quer de mim, só sei que quer, que exige.

Na manhã seguinte, acompanho-a às suas aulas de teatro e a espero estudando na biblioteca de Gracia, numa mesa junto à janela, ao lado de uma estante onde há um volume com a prosa de Maria-Mercè Marçal. Na saída, Ela propõe irmos a um pequeno restaurante com móveis de madeira escura, onde nos acomodam no balcão devido à falta de espaço. Nas mesas, algumas pessoas vestidas com roupas de trabalho pegam o cardápio do dia e conversam em catalão. Uma garçonete de longos cabelos escuros nos chama de "lindas" e nos serve duas cervejas. Ela fala sobre sua aula de dicção.

Apoio o cotovelo na barra para acariciar seu antebraço e Ela me diz de supetão que em breve deixaremos de nos ver, já que D. logo estará na cidade.

"Eu quero estar com você, mas você nunca vai largá-la", diz.

"A gente não pega ou larga as pessoas."

"Sara, chame como quiser."

Sei que já a amo pela forma como me apego ao seu corpo quando começa a levantar a voz e a falar comigo de um modo cada vez mais incômodo. Tenho vontade de choramingar, mas continuo mantendo uma fachada de aspirante a mulher adulta. Falo devagar e me movo devagar, controlando os gestos dos dedos e a espessura da voz, mais grave do que de costume. Supõe-se que isso seja segurar as lágrimas e apostar numa reação elegante. A suposta elegância das formas não conhece vozes agudas, mais típicas da infância ou de um desvio de caráter. No entanto, na intimidade do quarto e do amor, minha voz soa muito mais fina do que quando falo em público ou leio em voz alta. Se eu ganhar confiança, baixar a guarda, minha voz é a de uma criança.

Não posso aceitar o que Ela diz, mas, nas linguagens do mundo, o que está dizendo é completamente normal. Uma chega, a outra se vai. Se eu não expulsar uma das duas da minha vida, Ela mesma se expulsa e me avisa que ficará completamente inacessível. Diz que tentou, mas a ideia de que o amor não é excludente nem intercambiável não funciona para Ela.

Em todo esse turbilhão, não tive tempo de planejar nada, de pensar em nada. Também não consigo racionalizar o que estou vivendo. Amo. Quero ficar ao lado dela. E não suporto a ideia de que D. chegue a Barcelona para se encontrar com alguém que sempre lhe disse que o amor nunca foi excludente, mas que agora o faz, tem de se mudar sozinha, sentir-se abandonada de repente, arrancada pela raiz, ser deixada à intempérie. Nada mais faz sentido, mas isso não pode acontecer. Por um momento fico cheia de raiva, quero me levantar antes que tragam a comida e eu tenha de continuar aturando alguém que está propondo uma escolha impossível: escolher entre D. e qualquer coisa no mundo. Minha voz interior brinca com uma piada sombria: "Ok, querida, você não será a primeira que morre".

A garçonete que está nos atendendo serve um prato de lentilhas com legumes e aspargos com creme. Pedimos as duas coisas para compartilhar. "Você começa a falar e me enreda com suas palavras, mas o que estou dizendo é claro. Eu não estarei na sua vida enquanto outra pessoa estiver." A assertividade que Ela é capaz de exibir fica muito aquém da minha vontade irracional de ficar perto do seu corpo.

– É claro na sua situação, não na minha. E o que fazemos com o que temos agora?

– Não sei, esperar, nos distanciarmos, vamos superar isso.

A íris verde fica mais clara quando embaça ao falar. Não sou casada, não tenho filhos, não tenho hipoteca e não estou sendo infiel a um marido. Essa história não está escrita para mim e ainda assim tenho de vivê-la: a culpa, a desorientação e, finalmente, a renúncia absurda.

– Vamos superar isso? – pergunto, negando com a cabeça e sorrindo meio sem graça, com todo o humor do qual me vejo capaz em plena exaustão.

– Talvez você fique melhor quando não nos falarmos, poderá seguir com sua vida. Precisamos de um tempo sem nos falar para que as coisas sejam removidas de dentro de nós.

– Estou vendo que você já planejou tudo.

Há um percurso lindo no seu gesto desde a irritação até o riso. Eu já o conheço, já o vi todas as vezes que começávamos uma conversa difícil e ela chegava ao fim. Talvez tenha razão, estarei melhor sem Ela, porque D. e Ela estarão melhor se isso não continuar. Nos beijamos. Trocamos um beijo longo e sincrônico, encostadas no balcão estreito daquele pequeno restaurante em Gracia, aonde Ela supostamente me levou para almoçar juntas pela última vez.

Aceito o acordo. Não o escolho.

Não que isso tenha acontecido naquele momento, também. Não nos separamos. Restava-nos algum tempo, e pudemos caminhar por ruas estreitas até chegarmos ao passeio de Gracia. Seus dias eram medidos a conta-gotas, e seu roteiro permitia que Ela andasse de braços dados comigo, com o estômago cheio. Como as amantes que ainda éramos, Ela me beijava nos semáforos e nas vitrines. Fiquei fazendo hora num café que já estava fechando enquanto Ela experimentava algumas roupas para um anúncio que ia gravar.

Ela disse que tinha sido um dia muito bonito, que a vida seria muito bonita se esses planos fizessem parte dela. Disse-lhe que a vida poderia ser esses planos. Acho que não acreditou em mim. Dormimos juntas, abraçadas. Às seis, meu alarme tocou para ir para a faculdade. Entrei no banheiro dela para me vestir sem incomodá-la, depois escorreguei entre os lençóis, senti-a nua, pressionada contra mim. Estava com medo de que o que Ela tinha dito sobre não nos vermos mais fosse real. Então acariciei seu rosto para ter certeza de que estava acordada e disse: "Lembre-se de que toda vez que você estiver sentindo minha falta, eu estarei sentindo sua falta também".

Era verdade, eu precisava que Ela soubesse. Acho que me olhou desconfiada, como se o que eu tinha acabado de dizer não passasse de uma frase encantadora. Um experimento literário. Mas eu não quero uma história, e sim Ela dormindo ao meu lado, a voz dela falando de qualquer coisa, a calça jeans dobrada na cadeira ao lado da cama onde Ela está deitada. A pochete preta e o celular acendendo por causa das notificações das suas amigas no WhatsApp, por uma ligação da mãe pedindo que Ela faça alguma coisa. Os anéis. A escova de dentes elétrica. Qualquer uma dessas coisas num aposento onde eu também estou. Não uma história.

Ao mesmo tempo, tudo isso soa grosseiramente superficial, e fracasso ao tentar contar o que aconteceu.

Sem saber de nada, Ela me ajudara a sobreviver. Eu devia isso a mim mesma, e mesmo agora, se a tivesse na minha frente, baixaria a cabeça e emitiria na garganta o som acolhedor com que os cavalos cumprimentam a pessoa que os alimentou.

Cinco dias depois, numa quarta-feira à noite em meados de dezembro, D. vem de Londres e, com um par de malas cada uma, nos mudamos para seu apartamento na Barceloneta. A rua não é muito bem iluminada e se ouve a conversa em italiano de dois jovens cozinheiros da pizzaria do outro lado da rua, que fumam um cigarro no fim do dia. D. me diz que ali fazem o melhor calzone de Barcelona, e que em breve poderemos convidar nossas amigas para comer pizza e projetar filmes na parede ao lado do sofá, que está vazia.

Uma rajada de umidade nos empurra para fora quando abrimos a porta. O espaço, alongado e um tanto estreito, está longe de sugerir uma sala de cinema. Olho para o sofá e penso nas posições que nossos dois corpos teriam de adotar para se aconchegar ali. O pensamento melhora meu ânimo. Há objetos neutros de decoração marítima na casa – usada para atrair turistas nas fotos no Airbnb – que parecem literalmente soldados a algumas paredes. O apartamento é leve e *nice*, necessita de idade, peso. D. e eu concordamos. Se tivermos madeira antiga, uma madeira escura, podemos pintar todas as paredes e os móveis da cozinha de branco para apagar tudo o que estiver sobrando e abrir um espaço ali. A cama fica num segundo nível, num *mezzanine*, ao qual se sobe por uma escada de metal em caracol.

"Degraus de madeira com tábuas de pinho, é isso que vamos fazer. Posso cortar a madeira e lixá-la na porta. O bairro é assim, as casas são tão pequenas que tudo é feito na porta. Como em Havana." D. tem energia mais do que suficiente para continuar pensando no trabalho a ser feito; eu, no entanto, mal consigo articular uma palavra.

Contemplo o que é minha nova casa. Cheguei a ela por um caminho estranho e tumultuado. Olho para D., de calça jeans rasgada e suéter de lã vermelha. Por amor, cheguei até aqui e também fui perdendo o vínculo com outras vidas possíveis, é difícil não levar isso em conta.

Enquanto amamos, aquilo que nos inflama promete que talvez haja outra maneira de viver que não seja a renúncia. Se o que sinto pelas duas é tão bom, não deveria doer.

O banheiro, pequeno e sem janelas, está a um passo de ser claustrofóbico, e o objeto que mais se sobressai é um desumidificador volumoso. Num momento de otimismo, confio no poder desse traste para melhorar a atmosfera. Se eu ligá-lo e ele engolir todo o conteúdo do ar, talvez possa devolvê-lo limpo novamente. Agora tudo o que desejo é que a gente se enfie na cama, dormir com D., sentir seu peso sobre o colchão.

Pego duas escovas: uma com uma faixa vermelha e outra com uma faixa azul, e um tubo de pasta de dente. Ponho uma pequena ervilha branca do produto na escova azul e a entrego a D. depois de molhá-la com um fio de água da torneira. Depois, sem molhar, ponho a minha diretamente na boca. No espelho do banheiro, nós duas nos refletimos: D. com um coque bagunçado e as calças muito caídas; meus olhos já entrecerrados pelo sono e o osso da mandíbula um pouco mais marcado do que o costume. Combinamos bem, temos uma altura parecida, um volume parecido.

A cama é surpreendentemente confortável, o quarto, no andar de cima, parece seco, abrigado: é uma casa na árvore, à beira-mar. Vou abraçá-la, mas ela me afasta:

"O aquecedor está ligado; por favor, não me toque, estou com calor."

CINCO

Ela e eu nunca conheceremos o verão, não haverá como vê-la de novo. Todas as amantes querem chegar juntas ao verão, entregar-se uma à outra na desaceleração do tempo, sob um sol sem obrigações rotineiras. Apaixonar-se exige a suspensão da atividade mundana, oficial, produtiva. Necessita poder se beneficiar de uma preguiça vivida num estado de plenitude, e é aí que se torna mais extenso e revelador. Resgatar-nos do tempo adulto torna o apaixonar-se algo revolucionário.

Estou escrevendo agora no inverno em Barcelona, que tem sido chuvoso e estranho. É o primeiro inverno depois da morte da minha mãe. D. e eu nos movimentamos pela casa, sem nos tocarmos, cada uma isolada na própria história. Sete, oito, dez dias: só o toque de mim mesma ao tomar banho, me despir ou me vestir.

Vários dias por mês sinto uma pressão abaixo do umbigo que me dá vontade de gritar, de ser violenta, de procurar alguém para culpar pelas pontadas e pelo vazio. Eu seria capaz de amargar a água que levasse à boca e também de bater num corpo. Em situações como essa, os médicos nos chamavam de "histéricas". As origens dessa angústia não podem ser explicadas, porque são tabus. Se eu me masturbo, a situação melhora muito pouco; embora satisfaça meu desejo, faz com que me sinta mais sozinha. Chorar muito, no entanto, funciona. Chorar soluçando, gritando, com as mãos apertadas nos punhos. É a coisa mais intensa que pode acontecer nesse monólogo, para tirar o corpo da tensão e da raiva e devolvê-lo à bondade do descanso.

A vontade de um corpo histérico é mais forte que a razão dos homens. É temida porque os músculos ficam tensos, o olhar endurece, como se pudesse te fulminar. Não reconhecem que antes você já foi paciente, e chegou ao seu limite. O corpo de uma mulher em estado de "histeria" – diziam os textos anteriores à revolução feminista – "fala", expressa seu desconforto através de sintomas físicos.

O corpo histérico é um corpo sem amante, que sustenta uma renúncia impossível. Durante muito tempo tentou se comportar. Ser o que os outros queriam.

Quem espera, em vão, que a paciência tome o lugar da paixão nunca sabe quando uma crise vai eclodir. A expressão de um limite.

Especialmente em alguns dias do mês. A roupa íntima molhada. Os sonhos.

Aguente em silêncio, espere. Espere até ficar sozinha, depois grite, aperte os punhos, a bestialidade de um rugido. Infeliz, infeliz. Três horas na academia até os joelhos doerem. Corpo histérico, não responda agora quando lhe perguntarem: "Como vai?". Não vão aguentar sua resposta.

Espere, espere a bondade.

A bondade: um respiro em que posso imaginar um cenário leve, não capitaneado pela frustração. Significa não ser envenenada por um excesso de mim mesma, da falta das outras.

Desse lugar de bondade, fantasio que não estou aqui, mas em Gijón, e D. também está lá, de uma forma muito distinta. Julho começou, e nas Astúrias a cor das hortênsias brilha intensamente em rosa e azulado.

Navegamos no barco do papai. Gosto de usar branco porque minha pele é escura; a camisa branca que me cobre captura a luz e a reflete. Com um botão de madrepérola, se ajusta delicadamente nos pulsos morenos. Ancoramos em frente à praia de Ribadesella, depois de passar a noite em Villa Rosario. Os barcos saem do porto com as velas recolhidas, avançando lentamente com o motor. As feições de D. se embelezam na presença do mar e do sol, e ela está comigo. Seu cabelo ressecou, e o reflexo fosco do Mar Cantábrico escurece o azul dos seus olhos para um tom de cinza com um sol amarelo no centro. Navegamos de volta à minha hora favorita, a última hora da tarde, quando o vento quente vem da terra e acalma as ondas agitadas, circunda o mar. A hora do mar tranquilo é minha hora favorita. O motor do barco divide a água e a rompe em espuma muito branca. Desde criança, me excita e me leva a um estado de devaneio sentir o calor do último sol do dia, o barco que vibra seguindo um rastro dourado ou deixando-o para trás.

Na hora do mar tranquilo, imagino a mão dela bem onde o cordão do biquíni cruza minhas costas de um lado a outro. Está cansada de um dia de longos mergulhos, salada russa com camarões cozidos, torradas de pão com tomate e saltos da proa para a água. Para nadar, desci religiosamente cada degrau da escadinha da popa que dá na água, enquanto D., de pé na proa como um efebo ou uma esfinge, com as coxas tensas e preparadas para o ar, ri da minha cautela e lentidão.

Porque eu posso entrar lentamente no Mar Cantábrico, enquanto ela tem de pular e deixar o frio tomar todo o seu corpo de uma vez e encolhê-lo, despertando um alarido denso quando ela emerge do fundo para a superfície. Eu não posso pular, mas mesmo assim me movo lenta e firmemente no Mar do Norte, posso chegar perto antes que ela se recupere do choque do frio e me colar ao seu corpo pressionando meu ventre nas suas costas enquanto me mantenho flutuando com os braços. O cheiro de sal e algas se mistura com o do pescoço dela, e eu o aspiro profundamente, até que o mesmo ar que entra pelo meu nariz faz um pouco de barulho e me deixa em evidência.

É o nosso verão, e eu posso encostar meu nariz na pele dela o quanto eu quiser, mas ela não pode me tomar com força, como eu desejo, debaixo d'água; ao contrário das águas-vivas e dos peixes, nós duas precisamos de um suporte. Um chão arenoso onde possamos cravar os joelhos ou uma corda onde uma de nós se segura enquanto a outra desliza a mão entre as coxas e afasta o biquíni.

Um pouco de travessura nos olhos. Uma segue a outra, que está prestes a trocar o biquíni molhado na pequena cabine, composta por pouco mais do que uma cama de canto estofada em bordô, um armário de cozinha e um banheiro minúsculo. O sal coça a pele às vezes, e a umidade deixa um toque pegajoso na ponta dos dedos. É típico das amantes seguirem-se umas às outras, acompanharem-se mutuamente em tarefas que parecem insignificantes. Enxaguar o biquíni juntas. Planejar o próximo almoço, o próximo jantar, o próximo café da manhã com atenção excepcional e depois se atrasar para cada um dos seus planos.

E a outra, a que se foi? Como teria sido o mar com Ela? Nos apaixonamos, não tivemos um verão, e o desejo ficou pairando sem possibilidade de se resolver. É a razão pela qual muitas vezes fantasio e me disperso nesta casa, não existo no aqui nem no agora a não ser a partir de uma melancolia que me isola. Fecho os olhos e vejo uma baleia-preta mergulhando sozinha por uma imensa massa de água, com blocos congelados cobrindo a superfície.

Só, na cozinha, escuto sem parar "Me quedo contigo" cantada por Rosalía, com um vestido vermelho, na festa de gala do Prêmio Goya. "*Me enamoro, te quiero y te quiero*"[3] me emociona e me faz chorar – por quem? Pelo próprio amor. O que me emociona e machuca é minha própria capacidade de amar. É o reconhecimento, a memória dos caminhos da paixão. Conhecer a paixão, saber da sua existência e do seu assédio. Como uma brutal ruptura da vida em direção ao seu êxtase, que se arqueia e se dirige e nunca chega a completar-se. Sou uma flor curvada em direção à língua de um sol presente na sua queimadura alguns meios-dias, sempre demasiado longe para fazer arder. Quero arder de uma vez por todas? Uma flor corcunda e retorcida, alongando todas as suas células em sua petição.

D. chega da rua e se aproxima do computador. Traz caixas de papelão com cartolina e varetas de madeira. Não sei para que quer tudo isso, mas depois de dar uma olhada tenho certeza de que vai ocupar muito espaço na minúscula sala de estar. Começo a ficar nervosa. Fecho a janela de vídeo no computador rapidamente, como se tivesse sido pega fazendo algo errado.

"Ei, por que você tirou? Eu queria ouvir. É da Rosalía? É nova?"

---

[3] Me apaixono, te amo e te amo. (N. T.)

"Não, é só uma música que ela cantou na cerimônia do Prêmio Goya. Eu toquei na aula. A ideia era pensarmos por que algo assim nos emociona. Nos emociona *irremediavelmente*."

"Talvez isso emocione só você, e não a todas as suas alunas. Deixe eu ver? Ponha para tocar."

Não sou capaz de dizer a verdade, que não quero compartilhar esse momento, que não quero um momento romântico compartilhado. Seria forçado, depois de tantos dias em que ela não teve um único gesto desse tipo. Ela é correta, amável, atenciosa. Quer que eu esteja ao seu lado. Que a acompanhe aos lugares. Ela está.

D. insiste: "E por que você acha que isso nos emociona? Claro que não posso saber se eu gostaria, porque você não me deixa ouvi-la".

Não sou ninguém para deixá-la ou não ouvir alguma coisa. A atuação ativa todos os relatos do amor único, verdadeiro, para sempre. Rosalía está sozinha no meio do palco, cantando a plenos pulmões, com um coro atrás dela que permanece nas sombras e lhe dá suporte. A parte forte da canção vem quando ela repete: "*Si me das a elegir... me quedo contigo*".[4] Tudo mais não importa, as ideias, o sucesso... O coro com suas vozes apoia a história de amor total, valida-a como a única história possível de amor.

"Ah, mas há outras formas de amar?", ironiza D. "Vou ter do que rir, pelo menos."

Está tranquila, e nada parece importar muito para ela. Em nosso dia a dia, parece impossível encontrar uma maneira de falar diretamente sobre o que está acontecendo comigo. Não estou assim só por causa da minha mãe.

---

[4] Se me der uma escolha... vou ficar com você. (N. T.)

Ela já sabe: "O que você quer, que eu te pergunte como está lidando com a separação daquela garotinha? Eu não vou te perguntar e, além disso, não me importo. Você precisa falar, não eu. Esse assunto me aborrece. Você fica muito repetitiva".

Eu fico muito repetitiva. Baixo a tela e fecho meu laptop como se estivesse fechando uma porta atrás de mim para sair. Basta, *ciao*, deixo para trás esse momento, a conversa, a coisa obrigatória de negociar constantemente minha intimidade com outra pessoa. Mas não tenho outra casa, moro aqui, então me escondo no banheiro para chorar grossas lágrimas silenciosas de rato escondido nos esgotos.

Esta citação de Jeanette Winterson: "A escrita é a melhor maneira de falar sobre a coisa mais difícil que conheço: o amor".

Ela existiu, e agora eu gostaria de escrever seu nome. Demorando-me como alguém que passa o último pôr do sol das férias na sua praia favorita e sabe que tem que ir embora, mas não quer. Na minha cabeça, escuto seu nome, e é o último doce que repousa na base de uma caixa, coberto por papel de seda. Quero pegar o nome dela entre os dedos e levá-lo à boca para cobrir os lábios. Manchar-me com ele. Porque se pode fazer amor com um nome, porque um nome pode ser o leve sopro entre os caniços que ativa a tempestade, porque ainda sou muito vulnerável ao som desse nome. Não hei de escrevê-lo aqui.

Ainda assim, escrevo com necessidade e urgência. De memória ainda consigo ver o rosto de olhos claros e pele bronzeada. A tez sempre alguns tons mais pálidos que o ventre. Muito mais clara do que a pele lisa dos joelhos e das coxas. As imagens sobrevivem, assim como o toque firme e flexível da carne, tão característico. O peso e a textura de um peito redondo que assoma suavemente por baixo de uma camiseta fina. Pude observá-lo por muito tempo, minha boca surpreendida toda vez que aparecia à minha frente. Minha mão direita segurando-o depois, como se estivesse pesando-o. Uma mão grande, de dedos longos, desnudos. Agora uso a aliança de casamento da minha mãe no dedo anelar esquerdo, entre dois outros anéis de ouro que se assemelham a uma corda fina. Eu os carrego para sempre, na posição exata em que me lembro deles na mão da minha mãe quando eu era criança.

Às vezes, um nome parece mais real que um corpo. É atravessado por nervos e capilares sanguíneos.

Só uma vez, olhando-me nos olhos, minha mãe não me reconheceu. Era uma época em que ela não estava particularmente doente e eu não morava em sua casa já fazia alguns anos. Depois de comer, mamãe tinha o hábito de "descansar", deitada num longo sofá em frente à TV para assistir a alguma série sem graça, cheia de histórias de romance e traição. Ajudava-a a fazer a sesta. Quando eu ia para casa visitá-la, tinha de acompanhá-la no seu descanso, como fazia quando era pequena. Dessa forma, conseguia recuperar uma sensação de continuidade no nosso vínculo, de que não parecesse que algo essencial havia mudado, ou que não estávamos mais unidas por um hábito, um ritmo de estar.

Mamãe dormia profundamente fazia uns vinte minutos. Seu corpo estava estendido sob uma manta, cruzando o meu, que apoiava os pés numa poltrona quadrada de couro. Eu aguentava em vigília, longe do descanso e das suas possibilidades, acelerada por Londres, a violência da língua desconhecida, os objetivos universitários. De repente, mamãe levantou-se com os olhos abertos e subiu as escadas. Pensei que havia acabado de se lembrar de determinada tarefa, de que algo tinha ficado pendente lá em cima, então esperei sem sair da posição em que estava. Ela desceu as escadas e entrou na cozinha, depois no banheiro, sem dizer uma palavra.

Vendo que a situação se prolongava, perguntei-lhe o que estava fazendo, o que procurava, e ela se virou para mim, dizendo séria: "Onde está a Sara?".

"Você deve estar brincando", respondi, mas ela nunca tinha sido brincalhona, em absoluto.

"Você viu minha filha, a Sara?"

Pensei que algo definitivo tinha acontecido no sonho, um derrame, uma desconexão das vias de reconhecimento, das ligações com a memória. Era horrível estar na frente da própria mãe e não ser ninguém.

"Mamãe, o que você está dizendo?"

"Não sei onde está a Sara, estou procurando a Sara."

"Sou eu."

"Cadê minha filha, a Sara?"

O corpo sentado no sofá não valia nada. Ela procurava o nome da filha. Uma ideia capaz de estruturar o sentido de uma vida. A dela.

Era assim que nosso relacionamento, tão longo e variável, acabaria? Pensei que, se lhe apresentasse uma encruzilhada lógica, ela poderia se conectar de novo. Talvez estivesse dormindo, ou presa entre o mundo material e o sentido onírico.

"Mamãe, então, se eu não sou a Sara, quem eu sou?"

Chegar a uma equação que precisava ser resolvida com esforço lógico deu certo. Ela ficou em silêncio por alguns segundos, depois balançou a cabeça levemente, bufando.

"Ai, Sara, está bem."

Estava dormindo, ou algo assim. Descrevi o que tinha acontecido e ela demorou a acreditar em mim, mas não muito.

Algumas noites, quando eu voltava para casa para o Natal ou nas férias de verão, eu a ouvia falando enquanto dormia. Repetia muitas vezes meu nome, como um sinal estrito de chamado, ou da cadela Chufa, que já tinha morrido. Ela nos chamava como se estivesse nos observando quando pequenas, prestes a fazer algo que não nos era permitido fazer.

À noite, e na ausência da família, uma mãe solitária continuava realizando sua tarefa.

O nascer do sol na Barceloneta tem uma luz semelhante àquela que é pintada ao retratar os sinais de deus, ou simplesmente à própria natureza percebida como algo que não precisa de humanos. Saio da cama bem cedo, assim que acordo, sempre antes de D. No passado, não muito tempo atrás, eu realmente gostava de ficar na cama vadiando. Agora, assim que abro os olhos, minha mente começa a girar, percebo minha frequência cardíaca subindo. Às vezes eu fantasio sentir o toque de um corpo novo, um corpo que não consigo reconhecer, para que me tire de mim ou tire de mim outra versão melhor, mais sedutora e menos insegura.

Passeio ao amanhecer entre as ruas compridas e paralelas do bairro que levam ao mar. Minhas casas favoritas são as do último trecho até a praia, sobretudo as duas cobertas de tinta rosa descascada sobre a pedra. Nessa área, elas são bem tocadas pelo sol (nossa casa passa a maior parte do dia na sombra), e o tom pastel fica incrível com as roupas estendidas sob as janelas de cada andar. Agora, ao nível da rua, no rés do chão como o nosso, começa-se a ver movimento, e através das janelas gradeadas se observam corpos de todo tipo que andam pelas suas cozinhas pegando pratos, panelas, sacos de lixo. Encostada no batente da sua porta aberta, uma mulher de chinelos felpudos e roupão de bolinhas bebe um copo de leite colorido, um copo de leite com algo, e olha para o infinito. Tudo me lembra Havana, talvez por não ter outra referência ou talvez por ser uma desculpa para pensar na minha mãe e na viagem que fizemos juntas cerca de um ano antes de ela partir – "partir" parece uma expressão um tanto estúpida, mas me canso de tanto pronunciar a palavra "morte", que acaba se esvaziando pela repetição.

Tinha sido convidada para ir a Cuba participar da Feira do Livro, e contava com uma bolsa da Universidade de Londres para entrevistar algumas autoras. Ocorreu-me convidar minha mãe para passar uma quinzena lá comigo, na primeira metade da viagem. Queria que ela saísse da sua cidade e parasse de pensar no divórcio, na nova parceira do meu pai e nas fotos dos dois que suas amigas tiravam no celular e que, como detetives de moral duvidosa, lhe enviavam para transmitir ao vivo as aventuras públicas do ex. Foi uma boa ideia propor a viagem à mamãe. Uma ótima ideia. Tomei a decisão um pouco impulsivamente e não vou negar que depois hesitei pensando que talvez estivesse me metendo numa confusão monumental. Ela não estava se sentindo muito bem naquela época, não conseguia andar por muito tempo e já havia perdido o apetite. Na maioria das vezes, seu humor era terrível. Eu temia que se sentisse mal com o calor, com as picadas de mosquito, às quais era alérgica, com as horas de viagem. Entrei em pânico pensando que a pensão em que eu iria ficar talvez não tivesse uma cama confortável o suficiente para suas costas, que ela não conseguisse descansar por causa do desconforto e do calor e então sua saúde piorasse. Pensei em todas essas coisas, acho que ela também, e, sem mencioná-las, seguimos em frente.

Eu estava indo de Londres e ela das Astúrias. De forma estratégica, e mostrando que uma boa organização entre mãe e filha ainda era possível, combinamos de nos encontrar no aeroporto de Madri e seguirmos juntas para Havana. Como ela tinha uma enfermidade reconhecida, disse-lhe que aceitasse a ajuda de um assistente para se deslocar pelo aeroporto de Barajas sem o estresse de não chegar ao portão de embarque a tempo. Era a primeira vez que fazíamos algo assim. Alguém iria buscá-la, diferenciá-la da multidão e empurrá-la pelos corredores numa cadeira de rodas. Ela temia se sentir diminuída ao receber esse tipo de ajuda num espaço público. Não gostava que eu contasse sobre sua doença a pessoas em quem não confiava ou que não faziam parte do seu círculo íntimo. Você poderia conhecê-la há anos e nunca ter ouvido falar sobre a doença.

Acho que seu sentido prático a ajudou a dar o passo sem conflitos: ela parecia muito feliz quando a encontrei, tinha aquela expressão que anuncia tolerância e abertura para receber boas vibrações. O homem que a acompanhava empurrando a cadeira de rodas era gentil, falante, e quando me aproximei eles pareciam se conhecer havia muito tempo. Minha mãe havia contado algo sobre mim – sua filha escritora, a do doutorado em Londres – e sobre nossos planos juntas em Havana. Parecíamos um casal bastante excêntrico a caminho da nossa próxima aventura.

Durante minha infância houve muitas aventuras, só ela e eu. Mamãe era o cérebro e a autoridade máxima de qualquer missão, e eu era seu braço direito, seu fiel operador, seu parceiro sob estritas condições de exclusividade. Complementava seus talentos com os meus: ela tinha presença e eu era verborrágica, ela tinha capacidade lógica e eu era capaz de fazer análises muito precisas da psicologia dos outros. Certa vez, depois de uma aventura numa loja de eletrodomésticos onde tive de negociar uma devolução, voltamos rindo tanto que não resistimos à vontade de fazer xixi e nós duas fizemos nas calças, dentro do elevador. Eu tinha dez anos e ela alguns anos mais. A partir daí, toda vez que saíamos de casa fingíamos que um novo episódio de uma série em que éramos as protagonistas estava começando e que se chamava "Aonde vão essas duas loucas?". Contamos orgulhosamente à minha avó, aos meus tios e ao meu pai sobre o desastre do elevador. Tinha sido algo radical, indicando uma impressionante conexão mãe-filha, e estávamos orgulhosas.

Aonde vão essas duas loucas? Último capítulo: Cuba.

Mamãe tinha tido uma recaída nos ossos no verão anterior que lhe dificultara a mobilidade, mas nada que pudesse ser notado à primeira vista. Eu estava muito preocupada com quedas na rua, que tinham acontecido algumas vezes. Ela sempre tinha pisado com muita confiança em calçadas que agora se retorciam sob seus pés. Naquela época, eu insistia em questões práticas para não demonstrar minha apreensão: "Cuidado com aquelas sandálias que você usa, são muito altas, eu também torço o tornozelo com esse tipo de calçado". Em cada frase eu tentava minimizar sua situação, comparando-a com a minha. Mas minha mãe tinha caído três vezes, e eu não suportava aquela visão porque, quando ela caía, estava sozinha, indo tomar sol ou comprar cigarro. Não disse nada a ela, mas, sem nenhum embasamento científico, imaginei que, quando afetava as vértebras superiores, o câncer talvez pudesse desconectar algo relacionado ao sistema nervoso, e é por isso que às vezes ela perdia o passo. Isso melhorou depois do verão, com a radioterapia, e, quando a encontrei sentada numa cadeira de rodas na área de assistência do aeroporto, o equipamento era uma conveniência, não algo inevitável.

Durante o voo, ela dormiu muito. Eu olhava para aquele corpo dobrado no assento à minha direita, enquanto não conseguia adormecer, apesar do comprimido que uma amiga havia me dado. A doença também é plácida, às vezes. Ela podia estar lá; sem dor, sem queixas. Minha mãe: um animalzinho pequeno e macio cochilando num assento. Assim aterrissamos juntas em Cuba, onde estava muito quente, mais do que ela teria escolhido para um destino de viagem antes mesmo da doença. O corpo pequeno de mamãe estava confiante e desenvolto, com um ânimo especial quando fomos pegas no aeroporto por um Cadillac rosa como os dos filmes, e o ar acariciou nosso rosto enquanto o motorista descrevia uma paisagem que mal se diferenciava na noite.

Mamãe organizou sua viagem perfeitamente, sua nécessaire, seus comprimidos. Tinha tudo o que era essencial e mais do que suficiente para compartilhar comigo numa bagagem leve. Fico emocionada com a capacidade dos doentes e idosos de reduzir o peso e o volume do que carregam consigo. A maleta era pequena, quase uma bolsa, e das suas costas pendia uma mochila de pano como uma carapaça fina. Quando chegamos ao quarto da pensão, pisando numa madeira rangente e ainda ouvindo a voz da nossa anfitriã, que nos contou todos os problemas e pesares das duas moedas de pagamento que conviviam na ilha, ela me olhou com o rosto exausto, bufou e abriu sua malinha em duas partes, que caíram sobre a cama de mola como as asas de uma borboleta abatida.

Quando chegasse sua hora de voltar, ela me deixaria como herança pelos próximos quinze dias tudo o que não tinha terminado: o protetor solar, um frasco de repelente, meia barra de sabão Lagarto, um pequeno vidro de azeite, Band-Aid, duas pílulas de Orfidal e um envelope com dinheiro. Voltaria sozinha no voo mais longo da sua vida.

Depois de vários dias, mamãe começou a comer mais, e no buffet de café da manhã ela atravessava o corredor com seu prato em direção às várias bandejas com ovos fritos e queijo.

Estava alegre, tudo no seu corpo comunicava uma melhora. Pensei que podia fazê-la feliz, que ela estava bem comigo e que, se voltássemos a morar juntas, ela talvez se curasse. Acho que, para ela, estarmos só nós duas era a coisa mais próxima da vida que ela amava e escolhera antes da doença, da minha mudança para Londres para estudar e do término com meu pai. Meus amores, no entanto, teriam sido um problema. Mamãe não queria estranhas em casa, nada de mudanças de planos ou terceiras no poder.

Quando chegou de Cuba, contou a viagem para todo mundo. Dava ênfase especial à pensão, onde se tornou amiga da proprietária, Rosalina, que preparava feijão-preto com arroz e os ovos fritos da mamãe justamente naquele ponto em que a borda doura e fica crocante. Dormíamos na mesma cama e atravessávamos um pátio compartilhado para chegar ao banheiro também compartilhado, que era muito limpo e cheirava aos cestos de goiaba madura guardados junto à porta que dava para a cozinha. Nas ruas de Havana Velha, ela descobriu um gosto especial pelo suco de mamão e muitas técnicas de negociação.

Outro dia, minha avó me mandou um vídeo de mamãe dançando salsa na cozinha uma semana depois que voltou da viagem. Estava morena, de camisola e chinelos, e dizia: “Mamãe, olhe, a Sara contratou um professor no hotel e eu fiquei observando-os do terraço e aprendi bem os três passos, em que fazemos três mudanças de peso...”. Em seguida, ela começa a dançar, rodeando com o braço esquerdo a própria cintura e erguendo o direito até a altura da cabeça, ao lado do fogão, com um cigarro na mão.

Minha avó esteve com ela nos últimos anos, morou com ela, cuidou dela o pouco que minha mãe deixou; eu não.

Quando criança, às vezes me sentia culpada por não ter possibilidade de ajudar nas tarefas diárias. Elas sempre me deram tudo de mão beijada, especialmente aquelas coisas que envolviam força ou método. Nos últimos anos, desde que o câncer havia chegado aos seus ossos, eu estava muito vigilante para que minha mãe não fizesse esforços físicos. Ou assim imagino. Gostaria de poder acessar alguns registros, ter certeza de que nas viagens juntas eu carreguei as malas, coloquei-as no porta-malas do ônibus. Ela sempre conseguiu fazer mais do que poderia. Sua aparência era tão forte e íntegra, com as costas eretas e os braços musculosos, que era muito difícil lembrar da doença.

Eu me apego a esses gestos para não sentir que fui a filha perdida que se mudou para a Inglaterra e tirou o peso de vidas anteriores. Por dentro, minha mãe, sua doença, meu medo: sempre pesaram como uma laje de concreto. Eu sabia que a leveza era apenas um momento. Por isso, quando pude senti-la, entreguei-me a ela com as palmas das mãos, a boca aberta, os olhos brilhando, dizendo que sim.

Mas será que esqueci minha mãe apenas uma vez? Não. Quando parecemos ausentes de um mal, recordamos também com os sofrimentos do corpo, as dores, a ansiedade.

O medo da perda do amor, da perda da vida. Minha entrega à vida era a forma de recordar o câncer, de me lembrar dela, de levá-la em conta.

No íntimo, minha mãe é minha fortaleza. O que determina as próximas camadas de experiência. Amar é amar sempre depois da minha mãe.

E ela exigia o amor único. Essa foi minha traição. Não fazê-la se sentir a soberana, a única. Ser fascinada pelos mundos das outras. "Obcecar-me" (como ela dizia) com as outras. Obsessões cíclicas, paixões itinerantes.

Traímos os outros ou a nós mesmos ao descobrir que se apaixonar não dura para sempre? Nem a paixão de uma menina por sua mãe.

Tento escrever o último capítulo da tese de doutorado, mas perco a concentração o tempo todo. Vou da escrivaninha de casa para a biblioteca pública da Barceloneta e regresso a casa, mas não avanço. Eu me perco no Instagram, sem ver nada especial ou interagir com um propósito. Depois procuro no WhatsApp as conversas com mamãe. Na foto de seu perfil somos nós duas, eu ainda criança; sorrimos sentadas na grama: somos duas figuras morenas de cabelos longos e olhos escuros amendoados, de lábios grossos cor de avelã.

Devo ter uns cinco anos, abraço-a por trás, rodeio suas costas com um bracinho, pego o ombro dela com minha mãozinha. No outro ombro, acobreado e nu, descanso a bochecha e, juntas, acariciamos um pequeno cachorro preto, quase imperceptível na foto. É a Chufa, ainda filhote, justamente quando tínhamos acabado de recebê-la. Sorrimos amplamente, não há ambiguidade na alegria nem no amor que a imagem capta. Nossa felicidade não era ambígua naqueles anos. Tenho consciência do privilégio de ter crescido assim. É por isso que há em mim algo que é firme, luminoso, que não duvida.

"Sua mãe é lindíssima", todos repetem. Para que tenha piedade e me perdoe em suas recorrentes irritações, escrevo-lhe poemas nos quais louvo seus longos cabelos cor de azeviche e os ombros bem formados. Os lábios cheios, como desenhados a lápis, e os olhos grandes. "Pocahontas", chamam-na. É a coisa mais exótica que pode acontecer no seu círculo. Traços que acontecem por acaso, um jogo de dados para um gene anônimo que nos escurece o suficiente a fim de não deixarmos de ser o que temos de ser no norte racista da Espanha.

Vou crescer admirando sua beleza. Ela faz parecer que não, mas lhe custa um esforço diário. Ela é o sol. Tudo passa pela balança do seu julgamento, a busca do que é certo. Ela se sente justa e imparcial, mas, como o meu, seu sangue também ferve muito, mais vezes do que gostaria. Mesmo assim, ela conduz a batuta das formas, torna-as excêntricas quando quer, sem ir muito longe. Nunca mudará de cidade, de casa ou de família. Em todos esses lugares, ocupará o centro. Apenas o centro é sua posição em relação ao mundo; ela se destaca, não conhece outro papel.

"A que vale, vale", diz ela, me olhando nos olhos enquanto puxa meus cabelos num coque. Estou entrando na adolescência, e ainda sou alheia às guerras de meninos e meninas em que mais tarde aprenderei a me mover como uma feiticeira, uma estrategista que não vê alternativa ao navegar pelo tormento que lhe foi atribuído.

"A que vale, vale, Sarita, e você vale." Ela não me diz que valho porque sou filha dela, ou que o sangue que me deram provou ser capaz de sobreviver às mesmas dores de cidade provinciana. No espelho, vejo-me sem forma, inconcreta e flácida em comparação com a precisão dos seus braços, sua testa e seu peito. "Você vai ser esbelta, firme, dominar seu espaço, você vai ser o que gosta em mim hoje, porque eu sou sua mãe." Em suas palavras, entende-se algo assim. Não se trata de ser bonita, outras também podem ser, mas de ter a beleza de uma deusa ou de uma rainha. Mamãe acha que esse é um atributo natural e esquece a bile que drenamos para conseguir manter as aparências.

Revejo as últimas semanas de conversas no WhatsApp e me conforto em ter sido gentil, perguntando sobre sua saúde, repetindo muitas vezes que a amava. Suas mensagens a resgatam em todas as suas nuances. Elas me ajudam com o medo de não ter feito melhor as coisas.

Se eu não tivesse apagado os arquivos de bate-papo para liberar memória, agora poderia ouvir a voz da minha mãe em algum áudio, no qual falaria da maneira como falava comigo e não com outra pessoa. Não apaguei nada do que D. me envia, nosso chat está cheio de fotografias de arte e têxteis, casas tradicionais no Mediterrâneo e cães pequenos. Para não apagar o que troquei com ela, fui esvaziando o resto das conversas. Privilegiamos o amor de casal em detrimento dos outros, é algo que fazemos com tranquilidade. Hoje não vou perder a voz de D. me desejando boa noite ou tentando me confortar, mas terei perdido todas as minhas outras vozes.

A cozinha está ligada ao espaço central, e sua pequena janela tem vista para a rua. Ao lado dessa janela, sobre uma prateleira de madeira de pinho pintada de azul, vou colocando as peças de cerâmica que trouxemos de Londres. É uma louça agreste e desigual, que fala de viagens e presentes através dos quais foi se compondo. Chegamos à Barceloneta com o baú do tesouro; o que eu não tenho certeza é se se trata de um naufrágio temporal ou de uma viagem com o vento a favor.

É o que temos: perguntar-me sobre minha situação não vai resolver nada, aninhar-me na incerteza é a única resposta útil que tenho à mão.

Despejo alguns sacos de arroz, lentilha e grão-de-bico em potes de vidro que coloco na despensa. Para deixar as coisas arrumadas sem gastar muito tempo com isso, empurro os produtos de limpeza e os sacos plásticos da mudança para o fundo das prateleiras. Tento fazer tudo isso sem olhar para a barata que, no chão, um passo à minha esquerda, se move inutilmente de barriga para cima. É o terceiro dia que ela está ali, espalhada no meio da cozinha, e também estou olhando para ela há três dias, sem me atrever a tirá-la do caminho, me sentindo péssima por andar à sua volta enquanto estou cozinhando.

A infeliz companheira de piso me lembra novamente da viagem a Cuba. Ali, lemos a história da baratinha Martina numa sala com ventiladores antigos e madeira tropical, onde usavam cana-de-açúcar para adoçar a bebida, em vez do açúcar refinado. Gostamos da história da baratinha Martina, porém ainda mais da versão da performer Alina Troyano. Mostrei-lhe um vídeo do YouTube enquanto estávamos deitadas na nossa pensão em Havana Velha, e ela adorou os *collants* brilhantes e o sotaque cubano-americano de Alina enquanto falava *spanglish* convertida na baratinha Martina. Mamãe tinha lido muito e conseguia se conectar com muitas histórias, incluindo a de um pobre inseto urbano destinado a viver como um perpétuo *outsider*, escapando das vassouras e do veneno que o afugentam.

Mamãe e eu adquirimos um gosto particular por esse tipo de inseto, não tão comum nas casas do norte. Depois de muitos anos de câncer e um divórcio, ela se sentia mais próxima das vidas que lutavam pela sobrevivência a partir das margens. Aquelas que ninguém escolheria ou poderia invejar.

Ser lésbica num ambiente conservador já me dera a oportunidade de me identificar com os insetos que fugiam de vassouras, especialmente aqueles que, apesar do infortúnio, mantêm um toque de ironia e glamour *camp*. Quando, na nossa última aventura juntas, em setembro, ela me acompanhou na mudança para Barcelona e nos deparamos com uma barata atravessando veloz a Rambla, ambas gritamos emocionadas: "Martina!". Como se tivéssemos acabado de nos encontrar com uma amiga de toda a vida.

A barata não morre nunca e, até que deixe de mexer as pernas, sei que não posso varrê-la, tratá-la como lixo. D. me olha da porta do banheiro, com a escova de dentes na boca e um gesto contrariado: "Você está mesmo me dizendo que *ela* tem que ficar mais tempo aí?". Digo-lhe que só até que pare de se mexer, pois isso significa que ela terminou seu processo: Quem somos nós para interrompê-la?

“Não se aproxime muito, você está agoniando a barata.”

“Ela se colocou no meio da *nossa* cozinha para fazer as *coisas dela*. Não podia escolher um lugar mais reservado?”

Aconteceu exatamente a mesma coisa com a da semana passada, tento explicar. São três ou quatro dias. Algum veneno que elas estão tomando que afeta sua mobilidade, o sistema nervoso; então ficam em qualquer lugar, ainda vivas e respondendo aos estímulos. O som as incomoda, nossa presença as incomoda, sentem-se em perigo. Gostariam de correr para um lugar mais protegido, *mas não podem*.

“Ah, deve ser aquele veneno superforte do Marrocos...”

D. me conta que o inquilino anterior trouxe veneno do Marrocos, para ratos e insetos grandes. Um veneno comum na sua região, mas que é proibido aqui. D. não sabe onde o colocaram, talvez debaixo do forno ou atrás dos armários da cozinha, junto às paredes úmidas. O fato é que, escondido, ele continua matando. Diz que é o melhor, o mais forte.

“Não deve ser tão forte; se fosse, elas morreriam logo. E, se é proibido, é por algum motivo, certo? Porque o veneno elas engolem, mas carregam a carcaça consigo e são um perigo para outros animais. Além do mais, estou cansada de ver isso, sabe, eu tentei ignorar, não reclamar, mas não aguento mais a dor delas, estão presas numa merda de experiência que nunca acaba.”

“Ok, Sara, acalme-se, por favor...”

“Eu não suporto, te falei que não suporto, estou tentando...”

Eu me tranco no banheiro porque é o único espaço onde posso ter privacidade num apartamento compartilhado. Sentada na tampa da privada, olho para o desumidificador e emito um grito infantil. Eu confiava em você, seu trambolho, confiava na sua fome de ar úmido e na sua capacidade de nos devolver outra coisa. Eu me sinto em petição de miséria, uma péssima companheira de alguém que só quer me ajudar, estar ao meu lado. Havia antes outra Sara que poderia ter sido boa companhia num momento idêntico, mas a de agora parece ter se perdido de si mesma.

Tenho medo de ser aquela que se tranca para se lamuriar no banheiro do apartamento à beira-mar, para onde se mudou com sua companheira dias depois da morte da mãe. Temo ser um silêncio devastado, uma paixão mergulhada num estranho luto cheio de passagens e espelhos. Tenho medo de soar ridícula quando uso essas palavras para dizer isso.

O início da noite é feroz para o ânimo. O corpo exausto não tem mais recursos para se convencer de que é capaz de entreter seus sentimentos de perda, de se prender à vida. Não sou mais capaz de me associar aos meus fantasmas como belas presenças. Ela não respondeu a nenhuma das últimas mensagens que lhe enviei. Eram mensagens simples: "*Como vai?*", "*O que você está sentindo?*", "*Será que um dia poderemos conversar?*", "*Eu te penso, penso em você*".

Só a que morreu é que não me abandonou. Eu já me senti uma filha solitária, totalmente desconectada da sua linguagem, da sua proteção, mas não agora. Na morte, minha mãe me escolhe, me ama apaixonadamente, e sua paixão não é mais perigosa, destrutiva.

A que morreu não me abandonou. Ela não foi embora de vontade própria, não quis e, embora por sua atitude desapegada em relação à vida parecesse estar se preparando há muito tempo, no fim sua mente não deixou que entendesse completamente que era hora de baixar a guarda, de se deixar ir. Pedia suas pastilhas de quimioterapia, uma mudança de tratamento. Exigia o processo médico de assistência e insistência na vida. No seu testamento, havia escrito à mão, em tinta azul: "Se minha doença piorar, não quero ser tratada para prolongar minha agonia". Teve tratamento até o fim da sua agonia, mas a agonia não foi o fim, e sim a convivência com a doença.

Tenho esta imagem bem gravada na minha mente: ver minha mãe definhando e me dizendo: "Prometo que vou avisar quando houver uma mudança". Ela tem o controle do relato do câncer, que é como ter o controle do relato de vida.

Ao longo dos anos, em todas as recaídas da sua doença, ela me deu as más notícias com uma voz clara e serena por telefone. Então, eu tomava um avião de volta para casa. Uma vez, de Londres, fui direto para o hospital – lembro-me bem disso? –, aonde meu pai me levou depois de me buscar no aeroporto. Tinham encontrado um câncer nas vértebras, e era por isso que suas costas doíam tanto. Quando cheguei ao seu leito no hospital, ela parecia doce e tranquila, muito mais doce e tranquila do que num dia normal. Sua voz me aquecia, soava jovem e vital como sempre soou até poucos dias antes da sua morte.

Foram dez anos de tratamento. Durante todo esse processo, ela esteve mais ou menos sozinha, estoica e independente, ciosa de sua intimidade. Não pedia ajuda, não falava sobre medo. Simplesmente explodia de raiva, muitas vezes. Então se convertia na Górgona ardendo no ar, cortando cabeças, bestialmente pronunciando suas verdades sobre a sociedade e a baixeza das pessoas. "Você é egoísta, egoísta e manipuladora", "Só pensam em si mesmos, você só pensa em si mesma; se você realmente me apoiasse, não babaria tanto ovo para *aquele* lá, nem preferiria nenhuma garota estranha em vez de ficar comigo."

Não era fácil se comunicar com ela. Embora tivesse dias bons, não era uma presença acolhedora à qual oferecer carinho. Sua ternura era a de uma águia. Lembro-me de ter sido paciente. Sentir muitas vezes que ela me levava muito além dos meus limites, sentir a raiva também no meu corpo, que raramente a experimenta. Lembro-me de dar o meu melhor para ser paciente, para vê-la novamente, para lhe escrever, para nunca cortar completamente o contato. Quando lhe dizia: “Eu me importo com você, preciso estar bem com você para ser feliz”, ele nunca acreditava em mim. “Você não se importa com nada, te viram na rua com *aquele lá* e com *a outra*, a gente mora num vilarejo, e as pessoas gostam de mim, me contam as coisas.” “Os fatos são os fatos”, ela dizia.

Mas quais são os fatos, mamãe? Muitas emoções que desmoronam. A verdade não era sua nem minha.

O que é esse amor que você pedia, o amor incondicional? Que eu te pusesse à frente de tudo, que entendesse sua história e fizesse com que fosse a primeira, à frente da história do meu pai, à frente da minha própria história, embora eu também não tenha certeza sobre essa. “Você inventa coisas, Sara, você é fantasiosa, sempre inventa coisas.”

Estou mentindo agora? Acreditar nas mentiras que você também contava a si mesma teria sido um gesto de amor incondicional?

Talvez eu não consiga me entregar porque desejo demais. Tenho no olhar a fome do carnívoro, que escolhe um corpo entre os outros, persegue-o com obsessão e até em sonhos delira com ele, se não estiver presente.

Olho para a mão esquerda de D., pequena e pousada no próprio joelho enquanto comemos. Mais alguns centímetros e ela poderia estar na minha perna, mas está bem assim, não precisa me tocar. É uma exigência de amor incondicional, esse contato que eu exijo dela? Que ela prefira a mim em vez da superfície de madeira, do frio do garfo e das pequenas crateras na pele da tangerina. Posso aceitar que outros corpos não humanos sejam passados à minha frente, mas outra pessoa?

Um dia, disse a ela: "Você ainda não me amou o suficiente, não me tocou o suficiente nem me deixou cheia o suficiente para que tenha *direito* de levar sua paixão para outro lugar".

Ela me olhou atônita, franzindo um pouco a testa. Não disse uma palavra, não havia necessidade.

"Direito? Desde quando é uma questão de direito?", teria respondido eu mesma.

Sou injusta? Desejo essa mão desperta apenas sobre mim, escolhendo-me, tocando-me com urgência não por ciúmes ou por medo que eu a troque por outra, mas movida pelo simples fato de que agora eu estou. Estou, estou, estou.

Hoje de manhã fui à Rádio Nacional dar uma entrevista. Falava com Madri a partir dos escritórios em Barcelona. O técnico que preparou a cabine de gravação me disse que tinham acabado de dizer que hoje era o dia mais triste do ano. Talvez porque as pessoas tenham gastado todas as suas economias durante o Natal, ou pode ser o vento e a chuva na Barceloneta.

Em poucos minutos terminei a entrevista, o técnico veio fechar a sala de gravação e me acompanhou até a saída. "É um bom tema o que você escolheu para um dia como hoje. A ausência. Além disso, o vento está acabando com tudo. Ontem um homem morreu na Plaza Real depois de ser atingido por uma palmeira que se partiu ao meio. Morreu esmagado, uma morte anódina, anódina e absurda." Em vão, tento minimizar o acidente. Ele continua: "Não, olha, na verdade foi o que chamam de desgraça. Outra árvore pode se partir, mas uma palmeira? As palmeiras são perfeitamente projetadas pela natureza para resistirem ao vento. Vêm de países tropicais. Nos países tropicais tudo é voluptuoso e excessivo, o vento também, por isso as palmeiras não se partem".

Quando saí, logo depois de passar pelo controle de segurança, um carro estava me esperando para me levar para casa. Pedi que parasse antes, que me deixasse no café na esquina de frente para o mar. Tinha combinado de me encontrar com D. Atrás das janelas do café, eu a vi chegar com a blusa enrolada no pescoço para se proteger do frio. Seus olhos estavam de um azul muito claro e ela me beijou de imediato, sentou-se ao meu lado. Não hesitou. Em se aproximar, em se sentar.

Sei que há algo importante num gesto que, aparentemente, não implica muito. Que D. não tenha hesitações é uma fortuna, neste 20 de janeiro em que compramos acelga e batatas no mercado, comemos as duas com grão-de-bico e pimenta-do-reino, saímos correndo na chuva de braços dados e nos sentamos para trabalhar o resto da tarde na biblioteca.

Se eu virar o queixo levemente para a esquerda, vejo-a com uma camisa polo laranja brilhante sentada na cadeira do lado, prestando toda a atenção na leitura, como se estivesse agarrada a uma corda da qual não deve se soltar por um segundo ou se perderá para sempre. "Não posso fazer mais de uma coisa de cada vez, Sara, falo sério; se você falar comigo, vou ter que começar a ler desde o início, e me custou muito me concentrar."

D. quer calma para compreender bem os significados das coisas. Tranquilidade, uma só casa, uma só vida, uma história principal para poder prestar atenção. Estar no que existe.

Amor, amor, eu digo, olhe para minhas mãos sob essa luz, olhe para a pele e a madeira riscada do lápis sem ponta. Tudo bem ter calma, mas também há pressa. Você não consegue ver que todas essas coisas com que se maravilha sofrem uma decadência? Olhe a ponta dos meus dedos, minhas unhas agora estão lixadas até a borda, mas dentro de alguns dias elas vão conseguir te arranhar. Estou mudando, estou com fome, sinto chicotadas no útero e no peito. Quantos anos do seu tempo eu tenho que esperar para uma noite das minhas? A das sobreviventes, que se abraçam acordadas no meio de um bombardeio.

O fogo que irrompe não vem de fora, está dentro, no texto da carne.

SEIS

Uma breve pesquisa no Booking leva-me ao Hotel Cap Roig. Nunca fui a Platja d'Aro, e pelas fotos não parece ser o lugar mais encantador da Costa Brava. A construção, no entanto, se eleva sobre as rochas do litoral, e todo o seu volume branco coroado pela vegetação aparece como uma ilhota em frente ao mar. Estive olhando para os melhores hotéis com as melhores ofertas sem saber muito bem aonde eu queria ir. Precisava de um espaço grande o suficiente, com aposentos generosamente distribuídos, evitando corredores longos, fileiras de portas voltadas umas para as outras. A ideia era me cercar de pessoas para as quais olhar de longe. Também ser alguém distante para o resto das pessoas. Poder ser olhada sem a pressa de ter que agradar. É uma decisão de emergência que estou tomando com serenidade. D. pisca mais forte, de modo mais evidente, quando lhe digo que vou sair sozinha por alguns dias.

"Você está indo por causa de algo em especial?"

Não sei se reparou que eu uso o banheiro com muita frequência como espaço terapêutico. O banheiro não é muito grande.

"Você pode usar o resto da casa, ou pedir para eu sair, e eu fico na casa da minha irmã. Você não precisa explicar que precisa de espaço, é normal, a gente se mudou logo depois do que aconteceu com sua mãe..."

Lembro que não foi só isso, que também nos mudamos logo depois de eu ter me apaixonado e ter, de uma forma muito estranha, renunciado a um amor que não se esgotou por si mesmo. Embora acredite que isso não tem nada a ver com D., a forma como ela continua como se nada tivesse acontecido é insuportável, sem reconhecer minha experiência ou me dar espaço para transitar por essa outra falta tão concreta.

"Você teria preferido que eu te mandasse à merda? Supõe-se que essa não é a forma como você e eu fazemos as coisas. Tínhamos um plano lindo que nós duas queríamos. Você e eu somos uma equipe. Eu acho que você precisa ir para esse hotel. Quando voltar, eu posso sair daqui por alguns dias, se quiser. Tudo bem, Sara? Vai ficar tudo bem."

Minha confusão é total.

Para ir a Cap Roig, eu me visto com roupas herdadas, um tipo de roupa pelo qual eu não poderia pagar, mas que fala mais sobre minha vida do que as roupas que eu posso me permitir. Uso um lenço de seda amarelo no pescoço, amarrado com um nó à esquerda na segunda volta. O longo *trench coat*, que papai deu à minha mãe numa viagem a Roma, chega até minhas botas pretas. De uma bolsa de couro preta com alça a tiracolo, pego minha carteira de identidade, que entrego à garota na recepção.

"Não, não quero champanhe de boas-vindas, obrigada. O café da manhã vai ser no hotel. Vou ficar duas noites e três dias, de sexta a domingo. Não estou de carro, não tenho nada para deixar no estacionamento, todos os meus deslocamentos serão a pé, e, não, hoje à noite não vou jantar aqui, vou dar uma volta para conhecer os arredores. O quarto com dois terraços com vista para o mar. Quarto duplo, uso individual? Sim, com certeza sim."

Iluminado pela luz do meio-dia, o quarto com móveis de madeira em estilo francês pintados de branco parece a cabine de um velho navio que sai de Veneza e cruza as ilhas gregas. Essa fantasia é quase arbitrária, mas se baseia na minha experiência limitada em navios grandes o suficiente para sair de um país e chegar a outro. A cabeceira da cama, estilo colonial, é feita de ratan, e tenho o prazer de encontrar no banheiro uma pequena banheira e um espelho que, devido à sua disposição, também consegue capturar um pouco do azul da água. Gosto do quarto, e a verdade é que a primeira coisa que me passa pela cabeça é que Ela também gostaria.

O cenário é um desbunde. Quando estivemos juntas em hotéis, ficamos na cidade e nunca nos aventuramos no litoral. Uma oportunidade para Ela dirigir e parar nas cidadezinhas onde passava seus verões quando criança, chamar os lugares pelos nomes, saber aonde ir e o que comer. Faltou ocupar uma posição ao lado dela, observando-a, ouvindo suas histórias, o mistério da infância que nunca conhecemos das nossas amantes e por isso nos fascina.

A infância se torna moeda de troca nas conversas na cama. Cada uma cria um mundo maravilhoso para a outra, um mito de origem que explica as sensibilidades, poderes e traumas do corpo amado para depois sentir que sim, que tudo faz sentido, a outra é única entre todas, nasceu sendo única, predestinada a receber nosso desejo de forma quase fatal, inevitável.

Ela não é nada além de uma forma fantasmal. Seu fantasma é uma companhia não tão grata, capta minha atenção de forma caprichosa sem dar nada em troca. Nem um único momento de tranquilidade, de riso. Até as despedidas precisam de um ritual para conseguir assimilar a ausência futura.

Não é um plano tão ruim se eu escrever para Ela de novo, perguntar como se sente e se é um bom momento para conversar.

Abro as conversas de WhatsApp arquivadas e só a dela está lá, o que significa que Ela é o único lugar da rede do qual tive de me afastar com esforço. As últimas mensagens são de três dias depois da mudança para a Barceloneta. Pede distância, silêncio, durante um tempo que parece que vai durar para sempre.

Não posso aceitar isso. O corpo apaixonado se surpreende e, para se retirar desse espanto, precisa de mais do que uma mensagem de texto. A informação que chega através de um telefone nunca será tão real quanto a armazenada no próprio lugar onde as coisas acontecem. Quando perdemos o que amamos, continuamos a nos surpreender, uma forma de estupor que nos torna desajeitadas, nos faz reagir lentamente aos estímulos. Somos as últimas a nos dar conta de que o que amamos nos deixou.

A paisagem do quarto escurece até que se torna necessário acender a lâmpada na mesa de cabeceira. O aquecedor está zumbindo muito alto. Há embotamento, um calor que desperta a sensibilidade da pele e me faz reagir com coceira ao suéter de lã fina. Estou de calcinha na cama, abro as janelas que dão para o terraço central e deixo a brisa noturna me tocar. Não consigo deixar de pensar, embora quisesse, que há algo de errado aqui que se desperdiça e tem a ver com o ventre desperto, as mãos atentas, a sombra perfeita projetada nos lençóis. Toda a sedução dos objetos, toda essa exibição para uma solidão tão simples. Tão chato de contar sempre a mesma história, na qual faz tempo que não acontece nada.

Escrevo algo numa mensagem sobre o que foi encontrado, o que foi perdido. Embora na realidade quisesse falar com Ela sobre espanto, acabo lhe pedindo ajuda para esquecer. Talvez um ritual de despedida. Há um que todos conhecem, epítome do romantismo hipster, hétero e artístico: a performance que Marina Abramović e Ulay fizeram de sua separação em 1988. Também posso fazer uso dela para comunicar o que estou precisando.

> "Durante noventa dias... porque eles estavam juntos há doze anos e, de alguma forma, a duração do ritual deve fazer justiça ao tempo compartilhado, eles caminharam um em direção ao outro das duas extremidades da Grande Muralha da China, para se encontrarem no meio e depois se despedirem. É justo reconhecer que um vínculo importante não se rompe assim, não depende de um exercício de vontade. Se estivermos uma diante da outra, veremos o que é real, o que importa e o que não é tão importante. Que tal passar um tempo juntas, andar na praia, comer um arroz, tomar um vinho, fumar um cigarro? Preciso entender o que vivemos, o que estou vivendo neste momento. O hotel é bonito, você vai gostar. Tem muitas plantas na entrada, uma selva entre os mármores brancos com veios pretos, e o mar, o mar está em toda parte."

Envio a mensagem à noite e, para conseguir dormir, ligo para Anna. É uma chamada nervosa no meio de um cenário de filme e até um pouco constrangedora. Anna e eu nos conhecemos muito, em todas as circunstâncias. Há alguns anos nos desejamos fortemente, prometemos coisas que não íamos conseguir nos dar: liberdade, tranquilidade, alegria. Depois veio todo o trabalho sutil de reparação até conseguirmos a amizade que temos agora. Sua voz soa gentil e um pouco preocupada.

Explico a situação. Não sei mais qual é a fonte da minha angústia. Estou num quarto de hotel esperando, depois de mandar uma mensagem para alguém que não quer nada comigo.

"Nem todas as pessoas vão fazer as coisas do jeito que você e eu fizemos. Você terá, em algum momento, que aceitar isso. Algumas escolherão não estar mais na sua vida. O importante... não é igual para todo mundo."

Quando desligo o telefone, vejo que Ela respondeu. O plano já não lhe interessa, Ela não bebe nem fuma mais, está reconstruindo sua vida e não virá.

"Por favor, você me escreve se mudar de ideia?"

"Nesse caso, eu te escrevo."

O que volta através do sono.

Ela não é Ela, porque tem pernas longas, cabelos escuros caindo sobre o tronco esguio, um peito pequeno e sensível, e é tão bonita que eu nunca imaginaria que teria um lugar a seu lado na cama. Reconheço seu cheiro: amoras, nervosismo e café levemente tostado. Ela também sabe quem sou, me conhece à deriva num país estrangeiro e me viu na casa da minha mãe, abriu as gavetas do meu antigo quarto e riu, exibindo objetos antigos. Pronuncia meu nome com intensidade, como se fosse importante, e passa os braços ao meu redor quando no último momento eu digo uma palavra de três letras.

Tudo nesse corpo responde: deixando cair esporas, sementes secas com dentes, viajantes agarrados aos pelos de um mastim que sou eu e que a procura.

Sua pele retém um pouco mais de calor que a minha. Eu a acaricio me colocando em cima dela. Ela me pede que fale, deita de lado e me oferece as coxas. Ponho a boca no seu pescoço e, pegando um seio entre as pontas dos dedos, sussurro no seu ouvido a história de uma garotinha que demorou muitos dias para chegar à casa onde a esperavam havia muito tempo.

O desejo começa numa história.

O que sabemos sobre sexo, além de que ele nos atravessa?

Entrar não é difícil porque o chão resvala e direciona. Para que o terreno retumbe e o chão transborde e a pequena grama seja arrancada, deixando tudo enlameado, as cem éguas devem ser soltas ao mesmo tempo, sem freios nem cilhas. Se eu disser: "Fique de costas agora", Ela se move antes de terminar a frase.

Peço-lhe: "Me dê os quadris, solte-os devagarinho; gire, meu amor, me dê a cintura para eu te pegar e, daí, um rebote desequilibrado das coxas. Me dê tudo isso enquanto você pede, tudo como uma rainha. Você fala. Porque chegamos até aqui juntas".

Ela diz: "Dói, se você não toca dói, é enlouquecedor, aperte-se a mim para gozar".

Ela diz: "Mais alto, não quero deixar de te ouvir agora". Conhece o conforto que vem de uma ordem compartilhada, de ouvir uma voz na noite e não o nada. Convoca o impacto e o pega, pega-o e soluça para pedir. Estendidas em paralelo, seus quadris estão no mesmo nível que os meus, e seus pés também. Nosso cabelo cai de maneira semelhante e se junta no travesseiro. Transamos num ritmo, o maldito ritmo perfeito que reverbera por todo o corpo e não perde o passo nem a medida. Um ritmo que não vai parar até nos acalmarmos e que não vai abrandar porque foge à mediocridade, à normalidade, ao abandono do princípio único de servir à outra.

Pergunto-me se essa suavidade e essa capacidade de agradar se devem ao fato de que nossa origem está numa genealogia de servas. De uma forma ou de outra, nos identificamos com ela. O desejo da outra sempre importa mais. Também somos capazes de nos enfrentar, mas se uma de nós é rude, lembramos do truque das nossas ancestrais: ficar muito quietas e alargar os quadris para não morrer.

A linha rasgada do olho. Eu a conheço bem, é a única que sabe a importância de levar o limite ao ponto da verdadeira exaustão. Porque o teto é uma falsa membrana que tem de ser pressionada; ter conhecido o sexo sem forma ou protocolo, ter se apoderado da sua crueza e da sua mordida é apostar na verdade de que a membrana do limite é elástica e porosa e não há sabedoria sem tê-la perfurado várias vezes. Você se doa, você é sábia. Você não cabe num livro.

Ela sabe que o limite do orgasmo é estranho e próprio das pessoas, não das amantes. Rejeita meu pedido de descanso e, sem permitir que eu me recupere, procura. Só deseja quem procura o outro limite impossível, e não quem se contenta com uma série de contrações seguidas de um grito. O troféu de lata: a medalha por ter completado um percurso que é seguido por uma canção de encerramento. Um primeiro orgasmo não deve ser usado como desculpa para que o contato termine. Não há heroísmo naqueles que buscam uma colheita previsível e modesta.

O soberbo no seu corpo, no seu antebraço as cores azul e vermelha revoltas numa espiral de tinta. Malditos aqueles que chegaram aonde achavam que tinham de chegar. Faz a vida dela explodir contra a minha. "Fale, Sara, só não pare de falar enquanto estamos aqui. Tudo faz sentido. Tudo sempre fará sentido. Quando sua voz não soar mais e a minha abrir fendas no chão, de tristeza ou raiva. Para enterrar suas mãos, para te enterrar."

"Linda, a menina morena, quando chega em casa, faminta e acalorada pelo passeio, e deixa a bolsa na cozinha e desamarra os sapatos, esperando o que vem buscar..."

Choramos na boca uma da outra com as línguas juntas e digo: "Eu te amo", digo: "Obrigada". "Obrigada e sinto muito."

Você está partindo, vou sentir sua falta todos os dias a partir de agora.

Não há barreira psíquica entre o dia e a noite. Dos sonhos recentes, acordo apaixonada. O quarto se perde entre as ondas. Através de uma experiência semelhante de excesso sem nenhum corpo receptor para sustentá-lo, Woolf escreveu: "A quem devo dar tudo o que agora flui através de mim, de meu cálido, poroso corpo? Juntarei minhas flores e as presentearei – Oh! a quem?".[5]

Tomo café da manhã, faço um percurso repetido desde ontem, abro preguiçosamente um livro, olho para o mar e para o penhasco, volto para jantar no bar do hotel. Evito o quarto para não pegar o celular e verificar mil vezes mais se Ela mudou de ideia e entrou em contato comigo. Escolho o silêncio na companhia de completos estranhos, um hotel mediano sempre oferece essa opção, como se estivéssemos pagando para fingir uma privacidade excepcional num espaço compartilhado, onde no fim todos comem, defecam e se divertem sob o mesmo teto.

Eu me sinto absurda. Entediada comigo mesma. Confundi os personagens. Não era Ela, nem éramos Ela e eu juntas. Quis escrever uma grande história na qual, na verdade, houve um pequeno incêndio, sem forças para se sustentar. Emaranhei meu luto, ele se mesclou, magoado por tudo o que significa

[5] *As ondas*, tradução de Tomaz Tadeu (Autêntica, 2021).

que uma mulher te escolha, com sua paixão injusta, alquebrada, e depois vá embora.

Pouco oferece este hotel, e quase nada deixo para trás quando volto para Barcelona. Assim como a morte, a perda do amor também está fora do meu controle.

SETE

Querida D.:

Como sustentar a crença no amor de uma só pessoa suficientemente forte para renunciar ao amor das outras? Algo como uma fé compartilhada tem de acontecer. Um desejo de acreditar que produz um mundo de valores comuns. A questão é que por um tempo vivemos tranquilas nessa crença. É um estado amável, sem sensação de desapego irônico, sem angústia existencial.

Em tais momentos de fé, a experiência do pastiche, do falso ou do incerto gera uma reação de ruptura feroz e desalentadora.

Eu tinha acabado de voltar de Cap Roig e estava certa de ter atendido ao meu destino pleno permanecendo a seu lado. Arrumando umas gavetas, encontrei uma carta sua que, pelo modo como foi escrita, e pelas palavras que usou, os diminutivos afetuosos e os nomes de animais pelos quais você se referia à destinatária, identifiquei desde a primeira linha como endereçada a mim. Sei que não é correto ler coisas alheias e que saber desse fato vai te enfurecer, mas te juro que na primeira leitura não consegui identificar que não era para mim.

A história era familiar, você falava da distância, a nossa, que nos mantinha juntas sem estarmos mais em sintonia. Como companheiras que fizeram da outra seu lugar natural entre as coisas, mas que também se magoaram demais. Você dizia que nosso vínculo, único na vida, iria navegar através de mal-entendidos e diferenças, para assim aprendermos a estar juntas.

Eu conhecia essa história de amor. Era a minha com você. Só que algumas coisas não se encaixavam bem, lembranças que não me eram familiares. E então, quase no fim da carta, um nome próprio e uma data, já distantes, condenavam meu delito como leitora da correspondência alheia. Era uma carta para outra pessoa que você nunca tinha enviado.

Meu corpo inteiro se encheu de raiva. Eu estava presa na sua narrativa repetida e, ao mesmo tempo, você fizera com que eu me sentisse horrível por fazer uso da minha liberdade.

A psicóloga que eu tinha começado a ver me perguntou se eu realmente achava que fazia sentido te culpar por ter tido outros relacionamentos no passado. Acho que ela é uma mulher muito inteligente, e me provocava com perguntas pouco inteligentes para que eu fizesse um esforço para explicar a ela que não era assim. Que o que eu estava te dizendo era que você me enganava, enganando a si mesma. Que sua força tinha sido mostrar-se leal como uma rocha, íntegra, consistente.

Enquanto eu era um turbilhão, agitada pelo desejo e pela dor, você era confiável, moral. Você tinha sido a boa, porque suas faltas são socialmente invisíveis, e eu tinha sido uma vagabunda. Supunha-se que você chegara a esta relação já madura, e com novos olhos, enquanto eu era instável. Quando eu estava apaixonada por você, você me pedia calma. Quando eu me apaixonava por outras, controle. Você não me deixou ser sua amante como eu sei ser. E você não gostava que eu fosse amante de outra pessoa. Alimentada pela ambiguidade e pela distância, às vezes você me olhava de longe, desejando-me.

O que essa carta despertou em mim não foi ciúme irracional pelos seus relacionamentos anteriores. Mas a ruptura da fantasia, o colapso da história que você me contou sobre nosso amor, e à qual me apego toda vez que te escolho e me distancio de outras pessoas que amo e talvez amasse. O que a carta fez foi revelar que você me procurava nos mesmos termos em que havia procurado outras. Com a mesma melancolia e com o mesmo medo de ficar sozinha e ter de começar um novo vínculo.

"Eu não precisava de você quando te conheci", você me disse, "eu estava muito bem, tinha meus casos, amigos, um emprego numa galeria americana onde ganhava muito mais dinheiro do que agora." Não são essas as palavras com as quais você conjurou a história do amor único e verdadeiro? O amor inegável que o acaso ou o destino proporcionam? E foram elas que me emocionaram, fazendo-me esquecer lições que antes de te conhecer me levavam a repetir o verso daquela poeta lésbica: "*Keep faith in love, not lovers, keep faith*".[6]

E se o amor existir apenas para repetir a si mesmo? Você também não é capaz de evitar repetir-se. Usar as mesmas metáforas, diminutivos, cometer erros semelhantes e temer a perda da mesma maneira. O amor é necessário em você, e eu sou contingente. Algo que pode acontecer ou não. Você acha que minha presença é essencial para você agora? Assim como na carta lhe pareceu a da outra mulher, que por sua vez suspeitava que ela também era dispensável.

Eu não te culpo por nada. Tenho certeza de que todos nós fazemos isso. Mentir. Como se nossa vida dependesse disso. Buscar ansiosamente o amor incondicional, vendendo em troca a fantasia de que também seremos capazes de abrir mão dele.

"E será que você está trocando a fé na existência de um amor único e incondicional por uma fé fraca e discursiva, na

[6] Tenha fé no amor, não nos amantes, mantenha a fé. (N. T.)

possibilidade de amar várias pessoas ao mesmo tempo e de que isso funcione?": essa foi a pergunta final da sessão de terapia. Eu queria dizer não. Que, quando amei distintas pessoas ao mesmo tempo, eu também tinha uma fé apaixonada em que elas me amariam incondicionalmente e para sempre.

Escrever me apazigua, mas duvido que o fato de compartilhar esta carta com você consiga reconciliar alguma coisa. É um risco: e se você ler e concordar comigo? Para onde iremos?

Quando o que eu quero é que você me desminta, desmonte as suspeitas e me acalme. Eu gostaria de ter me confundido. Desta vez. E todas as vezes que duvidei e duvidarei.

Continuamos juntas.

É uma questão de nos voltarmos uma para a outra. Iniciar um gesto, uma conversa.

Dessa forma, uma história continua.

O tempo passou, e duvido que eu tenha sido injusta por pedir a duas pessoas que me deixassem estar ao seu lado. Mesmo assim, lembro-me de que foi certo, que um dia eu me ampliei e estava em todos os lugares, e amava por igual, e era alegre a maneira como eu amava e me reencontrava com D. e com Ela, e a luz, a alegria do estômago, o estado de graça eram sinceros.

A animação da todo-poderosa ocitocina, da qual sou tão dependente para suportar o dia a dia. D. diz que não é tão sensível ao hormônio e se surpreende com as mudanças que ele exerce nas gestantes ao seu redor e em mim, que nunca vou engravidar. Ela sabe que esse é seguramente meu segredo. Sou suspeita por liberar facilmente o chamado "hormônio do amor", que liga as mães a seus filhos e as lésbicas a suas amantes. Isso me facilita passar pela vida em estados expansivos de afeto e intimidade, me torna cúmplice, suave, propensa ao prazer. Em suma, uma pessoa melhor se alguém se esfrega contra mim, se me escolhe.

Como a do dragão, a natureza de D. não pode ser capturada no texto. Penso na parte não documentada do mundo, que em mapas antigos era registrada sob a frase: "Mais à frente há dragões". Seu caráter, seu mistério permanecem para mim a parte sem conquistar do mundo conhecido, com suas modas, seus influencers e seu espetáculo plástico, do qual ela parece se manter à margem, porque a educaram para saber navegar, ler, construir casas e acender fogueiras, colher plantas aromáticas da terra e usá-las na culinária. Ela não foi criada para ser uma menina bonita. "Princesa", ela me disse uma vez, "você tem que aprender a não ser sempre uma princesinha, o centro do mundo. Você requer toda a atenção, toda a energia."

Hoje, pela manhã, D. estava feliz e cantava músicas na cama como um menino suave e travesso, iluminado pela expectativa do novo dia. Mas tem um fundo triste, e as mudanças a afetam.

Fomos à praia, recolher madeira para criar algum objeto, alguma forma nova, sólida e leve. A madeira estava limada pelo mar, a areia a devolvia. Às vezes me pergunto como vou me sentir quando ela amar outra pessoa com uma emoção semelhante. Será que vai ter tempo e amor para continuar sendo cuidadosa comigo? Ela diz: "Sou muito monogâmica". Isso pode significar que não.

O importante é não cortar o fio, não parar a conversa. Porque se a paixão se suspende, se interrompe, também pode voltar. Mas não em todas as circunstâncias. É preciso deixar o espaço aberto e o solo úmido.

Com D., o espaço aberto e o solo úmido. Uma nuvem de micélio que espera na superfície de um tronco molhado. Ela ouve meus sonhos todas as manhãs com um gesto sensível e paciente. Conto a ela todos os sonhos com minha mãe e também um em que observo e toco o corpo de uma jovenzinha sobre uma mesa de pedra. "Não sei quem era, mas precisava e se oferecia", digo. "A sala era branca e circular, você aparecia na soleira da porta e nos olhava de longe com uma expressão de curiosidade calma. Então nos deixava a sós."

Mais tarde, vou sonhar com Ela uma cena pouco clara em que choro e me abraço à sua coxa, sentada no chão. Não vou contar a D. sobre esse sonho, seria injusto fazê-la participar da minha outra dor.

D. não quer saber.

O vento piorou. Há dias estamos em meio a tempestades em que as palmeiras se arquearam e a praia entrou nas ruas da Barceloneta. A paisagem cresceu, a areia cobriu o passeio e a costa se encheu de ossos dos caniços partidos. Eu não tenho aula nesses dias, então posso ficar no resguardo, lendo calmamente um livro de Murdoch em que ele narra usando a voz de um diretor de teatro maduro que se aposenta para viver sua solidão numa casa de frente para o mar. Ali, o homem, bem consciente da sua biografia, dedica-se a escrever um diário, um livro de memórias repleto de reflexões pseudofilosóficas. O egocentrismo do seu relato faz com que suas observações sobre o mundo pareçam frias e banais, embora descreva com especial cuidado a maneira como ocorrem seus almoços e jantares. Numa ocasião, descreve filés de arenque defumados cobertos com suco de limão e uma pitada de ervas aromáticas tão carnudas que, ao lê-la, parecia que estavam na minha boca.

Leio sobre comida e como o que D. cozinha. Só à noite eu fervo legumes e adiciono macarrão de trigo-sarraceno ao caldo para preparar variações da mesma sopa. A tempestade não me assusta muito, é uma desculpa que me permite descansar. No terceiro dia não ressuscito, saio de casa para dar uma volta pela nova praia que toma conta da calçada, convertendo-se num lugar onde é possível deixar pegadas. Essa paisagem transbordante é minha paisagem, o cenário perfeito e enevoado onde os raios do sol ficam presos e se esfumam numa nuvem incerta de umidade e areia.

O solo também é coberto por caniços e folhas, é um ossário. Pego uma raiz vermelha brilhante como um fantasma. Levanto-a na mão. Há dunas entre os restos de vegetação destroçada, o Mediterrâneo empina e as ondas quebram em espuma branca sob a neblina que cai nos ombros de quem caminha. Paisagem apocalíptica. O que restou depois de um desastre alegre, que muda a paisagem familiar e nos obriga a transitar de forma distinta. Um desastre sem morte, sem choro nem nada. Apenas transformação.

Ao amanhecer, abro a porta de casa e é como sair da cama direto para a praia. A Barceloneta está tranquila; o sol traz pequenas faíscas de luz para a superfície do mar. Sinto a ventura dessa vista, caminho seguindo a linha de palmeiras, observo os cachorros pequenos, as pessoas correndo, os grupos de idosos passeando. Todos somos abençoados por essa luz. Existe outra palavra para isso, que aponte para o espiritual e não seja religiosa? Ela nos abençoa, legitima nossa presença na Terra e nossa dor, reconhece a força vital que nos leva ao amanhecer dia após dia.

Aproximo-me das árvores que abrigam a gaiola de esculturas. É uma estrutura de metal que separa e contém outro mundo, onde cinco figuras semelhantes, com seus casacos inflados e seu olhar cego, suas mãos esbeltas, formam uma constelação. Cada corpo se volta numa direção para a qual dirige seus olhos velados. Dependendo de onde você se poste, algumas figuras olham para a frente; e outras, para trás. Não importa a perspectiva, alguém sempre olha para trás, rejeita o horizonte, inverte-o.

Quem olha para trás está com o coração partido; está com o coração partido quem se dirige ao passado e busca. Um coração partido é um coração pesado, cheio de imagens. Atravesso o calçadão com meu coração pesado, que carrega uma solidão atormentada. Toda vez que fico sozinha, sou apenas alguém de luto. Sinto-me sensível, lamento que minhas ausentes não possam receber esse amor delicado que é delas, da profundidade da sua perda.

Como faria amor um corpo habitado por essa tristeza? Certamente seria doce, amaria com necessidade, a pele receptiva, as pontas dos dedos, um galope interior que anuncia a contagem regressiva, o medo do fim do prazer ou do encontro.

Lembro-me das últimas vezes que fiz amor com J. Era o fim do nosso relacionamento, ou, na verdade, uma prorrogação de um fim que já acontecera. Nós nos encontramos carentes em algumas ocasiões em que me lembro de sentir um prazer enorme, desproporcional na sensibilidade e na apreciação dos detalhes no contato. J. me machucava tentando dividir seu tempo entre momentos roubados comigo e o início do seu relacionamento com uma nova garota. Ela estava nervosa, tinha péssimas maneiras e um pouco de orgulho que beirava o despotismo. Mas senti-la livre aumentava meu desejo, pensei que raramente poderia me sentir com aquela força e que valia a pena me entregar. É incrível como ficamos sugestionados diante da possibilidade de sermos abandonados por quem não nos escolhe mais. Eu me pergunto se já gostei tanto de sexo quanto naquela época, quando era sexo com algo que termina. O onírico nos picos do desejo me impede de me lembrar de tudo. Queremos sempre dar mais prazer a quem parece estar partindo, nos deixando.

D. está em casa cortando madeira para reformar o piso da entrada, e eu tento escrever a bendita tese sobre o desejo entre mulheres na literatura do século XX. Para poder trabalhar, enfio bem fundo no ouvido uns protetores auriculares cor-de-rosa, do tipo que meu pai usa para dormir e que me dá toda vez que viajamos juntos, para garantir meu descanso. Não ouço praticamente nada, nada além de um sinal sonoro agudo que parece vir de dentro do meu próprio corpo. Assemelha-se ao som feito pelas geladeiras antigas, algo fechado em si mesmo por onde também passa a eletricidade.

Antes de entrar no chuveiro, estudo-me no espelho, como faço todos os dias, entre curiosa e com medo do que possa encontrar. Na virilha descubro uma pinta em que nunca tinha reparado: um pontinho um pouco úmido e resistente ao toque. Tenho quase certeza de que não estava ali antes.

D. diz da cozinha:

– Escuta só esta: acabei de ler que uma palmeira matou um homem em Barcelona dias atrás, antes que a tempestade se agravasse.

Essa história de novo.

– Sim, me contaram. O vento a quebrou.

– Bem, eles se confundiram. As palmeiras não quebram sem mais nem menos, estão preparadas para resistir. Uma vez, na minha escola, houve um vento assim, e ele arrancou as duas palmeiras do pátio. Elas não se partiram. O vento as levou inteiras. As raízes destruíram o cimento. Imagine. Felizmente, era fim de semana e não havia crianças. O maravilhoso do caso é que a palmeira que matou aquele homem estava oca por dentro, por causa de uma praga, e ninguém sabia. Tecnicamente, não foi a tempestade, mas uma combinação de fatores. Se a tempestade não tivesse existido, a palmeira teria caído de qualquer maneira.

– E o homem teria morrido? – pergunto.

– O homem poderia ter morrido disso ou de qualquer outra coisa. Uma morte não tem por que ser uma notícia.

Também carrego uma praga dentro de mim. Eu sempre soube, essa pinta é só um sinal, o filho feio de uma paixão que não soube ser canalizada, de um desejo e de um poder sem rotina, sem hábito. Estou com raiva, poderia ser injusta para buscar minha justiça, para transmitir o desconforto através de uma picada. Parecer com minha mãe também nisso.

Eu poderia ter catorze, quinze, dezesseis ou qualquer uma dessas idades. Papai e eu estamos sentados juntos na sala de estar, vendo um filme na TV. Para ficar mais confortável, deitada no sofá, apoio os pés sobre as pernas dele.

Quando ouvimos mamãe acordar da sua soneca e começar a descer as escadas do quarto, papai rapidamente tira meus tornozelos da borda dos seus joelhos, e eu corrijo a postura para que pareça que cada um estava vendo o filme sentado de um lado do sofá, respeitando a linha que divide os dois assentos.

Não há necessidade de explicação para essa manobra, nem que ele e eu nos justifiquemos. Ambos concordamos que devemos ter cuidado, prevenir, apaziguar a sensibilidade dela. O objetivo é que ela não nos veja muito juntos, que não fique com raiva e deixe de falar conosco pelo resto do dia.

O pântano: lugar onde está tudo misturado. Quem é culpado numa história de paixão?

Eu tinha doze, treze, catorze anos, e andava pela rua do comércio de mãos dadas com meu pai. Tínhamos orgulho de ser esse pai e essa filha. Papai apontava para as vitrines, contava histórias sobre as marcas, os objetos, as butiques e, juntos, escolhíamos as roupas. Nas lojas, ele entrava comigo e ficava conversando com os vendedores ao lado do provador. Só quando parávamos em frente a alguma loja de lingeries é que ele me entregava uma nota e ficava do lado de fora. "Vamos lá, papai, é sério?", eu falava zombeteira todas as vezes, mesmo sabendo que aquela linha aparentemente arbitrária era clara.

Eu tinha doze, treze, catorze anos, e quando chegamos em casa minha mãe nos disse: "Viram vocês dois andando pela rua de mãos dadas como namorados".

Parecíamos alegres demais atravessando a rua central? Foi isso, a alegria? Uma hera preto-azulada que une os lábios e estrangula o ríctus de quem observa.

Mas não era só você, mamãe. Já vi a mesma expressão de amargura em outras, ao me verem com uma nova amizade ou uma oferta de emprego. Já vi depois da publicação de um livro, ou ao me sentir bonita numa manhã, em frente ao espelho, antes de sair de casa.

Como avaliar o limite, o outro, como fazer uma ideia de quem você foi?

Só aceitando a palmeira caída, com todo o seu mundo de carinho e peste em seu interior.

Estamos comemorando o aniversário de Anna, fomos a um restaurante italiano onde servem *tagliatelle* com cogumelos e trufas em travessas, em vez de pratos, e tocam vinis antigos de Maria Callas a noite toda. Anna está linda com sua nova jaqueta e também parece um pouco triste, como sempre que é obrigatório que um dia normal se converta em especial. Sente falta dos próprios fantasmas, da sua história de amor, que acabará escrevendo. Ela está rodeada de amigas que conserva desde a infância. Pessoas inteligentes e carinhosas, com quem me sinto bem. A certa altura da conversa, não sei a troco de quê, D. se refere a mim como uma pessoa "dadeira".

Anna rapidamente tenta dirigir a conversa para outro assunto, mas eu pego as palavras, aceito-as, faço brincadeira. Sair do armário da monogamia acaba sendo mais desconfortável do que sair do armário da heterossexualidade compulsória. Me sinto suja, fora de lugar. Por outro lado, penso que, se não escondi minha história com Ela, D. tem o direito de não ocultar seu rancor. Faz tempo que aprendi isto, acolher as pequenas violências que reparam os danos que fazemos sem querer. O que não está claro para mim é em que quantidade ou até que limite elas devem ser recolhidas, ou quando a agressão pontual se torna dinâmica.

Mamãe costumava me atacar ironicamente em público. Sobretudo na frente das minhas parceiras e amigas. Sentia o impulso irreprimível de sabotar as imagens idealizadas que elas tivessem de mim. Para desmontá-las, contava a história mais distante das suas fantasias que pudesse resgatar do arquivo da minha adolescência. Retratava-me como uma adolescente que estava sempre faminta, sem gostos refinados e propensa à desordem, ou pior, à sujeira. Também tentava alertá-las sobre meu caráter libidinoso e, para isso, confundia os termos. Quando lhe apresentei J., na vez que viajamos juntas de Londres para passar o Natal na Espanha, minha mãe disse a ela em *spanglish*, apontando o dedo para mim: "Tenha cuidado, *she is a very bad person*". Pareceu-me uma prova confiável da sua maldade, que convivia em seu caráter com facetas melhores. Depois de um episódio como esse, às vezes deixávamos de nos falar por vários dias.

Quando chegarmos em casa, depois da massa e do vinho, não vou parar de falar com D. Como você divide a cama com uma amante com quem não troca uma palavra? A tensão não me deixaria dormir. Eu precisaria gritar, romper o fio. Forçarnos uma na outra.

No entanto, o silêncio de uma mãe às vezes é uma trégua.

Eu poderia ter sido mais compreensiva. Ela também poderia ter sido comigo. Quando se punha a discutir sobre papai, ela me convertia no outro lado do mesmo problema, uma espécie de monstro que poderia passar por cima dela correndo em direção à luz dos meus próprios interesses, sempre exigindo mais da vida, mais beleza, mais pessoas ao redor.

Eu a entendia, mas a "razão" só lhe poderia ser dada pela metade, mesmo que suas palavras estivessem escritas dentro de mim. Eu não era meu pai, era mais fraca. Não podia escolher, me esforçava para gostar. Eu seria escolhida, e depois deixariam de me amar em algum momento, feia e doente.

Eu poderia tê-la amado com a luminosidade com que a amo agora, com a compreensão, a lealdade que só pode ocorrer no luto de alguém que nos fere em vida. Sinto muito por isso. Os dias da sua morte passam e o amor ocupa tudo, uma versão de amor que ela nunca conhecera.

Através da escrita, gostaria de entender a natureza desse amor e ser capaz de contá-la. Quando ativada, essa emoção amplia os afetos e é o oposto do medo.

Agora, enquanto tiro meu vestido preto e tento amenizar os resquícios do desconforto do jantar, acho, no espelho, que estou muito parecida com ela. Ombros fortes e largos como os dela, o peito pequeno e firme. Eu sei que, no meu corpo, posso fazê-la viver mais, mais longe. Se estamos sozinhas, se ninguém tem que nos desejar, com apenas um ou dois seios, com cabelos longos ou cortados a navalha, ela e eu nos assemelhamos às amazonas. Trago na minha carne a memória da monarca, e é uma lição para viver sob a intempérie.

Hoje eu entendo minha mãe, mas não ter conseguido fazê-la se sentir compreendida abre um buraco de dor profunda.

Estou contando a história de amor entre uma garotinha e sua mãe.

Nenhuma paixão é isenta de conflito.

Faz semanas que passo as noites com D., e isso significa que, à margem dos nossos desajustes, o corpo, sentindo-se seguro, aprende a dormir muitas horas. Assim que toco no travesseiro perco o contato com o exterior, sem ao menos me dar conta do momento de transição entre o estado de vigília e o sono. Sair assim do mundo das coisas é tão simples... e seria um verdadeiro descanso se depois não chegasse o estágio do onírico, onde o trabalho da mente não para. Ansiosa para entender o que nos acontece durante o dia, a mente volta repetidas vezes a tudo o que ficou pendente, obscuro, interrompido. No sonho, revivo as cenas que não consegui assimilar. Também monto cenários irreais, para inserir neles aqueles que amo e tentar entender o que sentiam antes de desaparecer, o que nos separa.

A ausência dos corpos aos quais nos vinculamos através de uma paixão é desconcertante. O principal problema da perda é o susto, ao qual a escritora chicana Gloria Anzaldúa se refere na sua obra. O susto tem a ver com um acontecimento que impacta a normalidade da nossa vida, obrigando-nos a ressignificá-la, a compreendê-la de outro modo. Pode-se perder um amor, uma mãe, uma cidade. Pode-se perder um baço, um peito, a sensação de bem-estar, saúde, mobilidade. Cada perda nos obriga a escrever nossa história com palavras distintas.

Um susto também é o choque violento sobre o hábito de poder conversar com as pessoas amadas. A interrupção da conversa é incompreensível para nós, afeta tudo o que somos porque estamos em relação a quem amamos com necessidade. Nossos vínculos pavimentam a realidade para poder transitar por ela, e o mapa de navegação se transforma com a perda daquelas pessoas que estavam muito presentes na nossa vida. Eu amo para existir e, porque existo, amo. O amor é o que vincula.

São dez horas da manhã; estou dormindo, mas parece que estou acordada. O trabalho da psique consiste em montar cenários onde eu estou e onde está minha mãe. Ela está doente, mas ainda não sabe que vai morrer. Eu, no entanto, já vivi sua morte e sei o que vai acontecer. Não posso dizer nada a ela. Tento obter informações sobre o que sente e o que sabe. Há algo nas nossas conversas que sempre exerce uma pressão nas entrelinhas. Quem é a mentirosa? Ela ou eu? Estamos ocultando sua morte uma da outra porque não somos capazes de incluí-la na conversa?

No sonho, estou com mamãe numa banheira. Ela já está magra, mas não tão magra. É difícil para ela sair da água, e eu a ajudo pegando-a pela cintura. No dia em que voei tarde demais para encontrá-la viva, estava no avião me preparando para dar banho nela, dormir ao seu lado. Eu queria fazer todas essas coisas pensando não num fim, mas em acompanharmos uma à outra. Porém, me preocupava que eu não seria capaz de continuar com inteireza e uma boa energia para nós duas. Me preocupava que o corpo muito magro rompesse entre minhas mãos. Ficava apavorada vendo-a se romper. Ou acordar muitas vezes durante a noite, dependente da frequência da sua respiração. "Mamãe, você ainda está aqui?" Não cheguei a fazer nenhuma dessas coisas, mas elas ficaram pendentes, e meu inconsciente não perdoa. É por isso que nos meus sonhos estou com ela no banheiro, ajudo-a a se levantar. A banheira nos deixa na mesma altura, no mesmo meio. Ambas renascidas da água. Ambas iguais e nuas.

Ouço a respiração de D. É contínua, sem oscilações ou interrupções. Seu peso também ocupa a cama com tranquilidade. Adormecida, ela parece distante e invulnerável. "Eu poderia cuidar de você", penso. "Já me tornei maior, estou preparada. Não tenho medo de fezes, do rosto contraído nem do sangue. Eu te amo tanto que seu corpo poderia ter saído do meu, coberto de líquido e gordura. Eu poderia abrir sua boca com meus dedos para te alimentar."

É mais fácil cuidar do corpo de uma amante do que do corpo de uma mãe?

Não devo, certamente, ser a única assolada por essas dúvidas. Tenho certeza de que há uma conversa da qual fazer parte.

Querida D.:

Hoje de manhã, quando estava saindo para comprar pão pegando a direção contrária, um desvio que me levava à praia, lembrei-me da cabana no vale onde eu costumava ir aos fins de semana, quando criança. Pensei que eu gostaria que subíssemos juntas, e nos imaginei de camisas grossas de inverno e botas, enchendo a lareira de galhos de faia quebrados, para acender o fogo. Na minha família, a lareira sempre foi função de homens, uma incumbência cultural. Acaso não se acendem fogões e se trabalha a força do fogo na cozinha?

Na minha imaginação, quando você empilha troncos e remove as brasas com uma barra de ferro, sou eu que me dobro atrás de você, protegendo o rosto e os olhos do calor.

Não sei o que o lugar onde me posto diz sobre mim. Acho que é prudência, não tanto debilidade. Quando na costa, você pula entre as pedras e eu prefiro a caminhada, isso tem um sentido, não sou nova neste mundo, conheço a terra e a pedra. Fui ensinada a manter as mãos sempre livres ao caminhar por superfícies irregulares, a fim de parar a tempo, protegendo a cabeça em caso de queda. Você, no entanto, se enche de sacolas e depois pula com pernas fortes entre pedras afiadas que já conhece, enquanto tento não olhar, e ainda assim admiro. Meu corpo escolhe você, escolhe essa diferença.

Eu me sinto fraca ou acho que você vai conseguir me defender porque se distanciou mais do que eu do gênero que nos foi atribuído?

Os homens bons nos protegerão dos homens maus, que são a maior ameaça. É o que dizem os contos de fadas, e ainda assim é melhor viver sob a intempérie.

Você é mais terrena e cuidadosa do que qualquer homem da minha família. Não há grandiloquência nem ego nos seus gestos que nos ajudam a sobreviver.

Na primeira vez que você me pegou pela mão e me ajudou a atravessar a rua, não foi a mulher em mim que se sentiu segura, mas a menina. O corpo adulto descansando de sua pretensa autossuficiência, sendo capaz de atravessar cegamente, sem responsabilidade, confiando.

Com você, também, fui de mãos dadas pelo bosque de carvalhos, até conseguir distinguir um brilho branco entre as folhas mortas do outono. Meia costela se projetava entre as folhas, e também um crânio já despojado da sua carne, provavelmente por urubus. A pelagem solta e recolhida de um lado era a de um javali. Meu olhar através dos ossos procurou as presas, mas alguém já as havia arrancado. Depois da morte, todo mundo corre para pegar logo sua parte.

Não sei para onde vou. Se me motiva mais perseguir um desejo ou escapar do que me assusta. Pensei sobre isso, e não acho que exista uma razão convincente pela qual você deve me amar acima das outras. Em todo caso, por favor, decida logo se vai fazer isso de forma plena e alegre ou me deixe ir. Meu tempo não vale mais do que o de ninguém, não vale mais do que o seu. Simplesmente o vejo passar.

Tomamos café da manhã num dos terraços junto ao mercado da Barceloneta. D. lê a notícia no jornal que acabou de comprar na banca. Olho para ela. Toma um gole do café quente sem levantar os olhos da página, e depois, com um gesto quase automático, me passa o suplemento cultural. Leio um livro de Anne Boyer em que ela fala criticamente sobre sua vida depois de um diagnóstico de câncer de mama. Sua escrita celebra a amizade que sustenta e também aponta para a solidão, a ruptura da promessa de proteção e resguardo no relato de amor heterossexual.

Como os homens cuidam das mulheres doentes? Não de uma gripe, uma fratura ou um episódio pontual de dor de cabeça. Eu me pergunto como eles cuidam daquelas cuja enfermidade não vai embora, e, se não acabar com sua vida, deixará mudanças definitivas no seu dia a dia.

Anne Boyer, que viveu o câncer de mama solteira, escreve que não se surpreende que a taxa de mortalidade de mulheres solteiras com câncer nos Estados Unidos seja o dobro da das mulheres casadas. Nem que entre as solteiras morram mais mulheres pobres. Qual o papel das filhas? A autora tinha uma quando adoeceu, mas não fala sobre isso.

Minha mãe era casada e tinha tido a mim, mas não tenho certeza se isso foi uma ajuda definitiva. É verdade que, sendo inscrita como esposa e mãe numa família mais ou menos normal, as pessoas da cidade respeitavam sua vida como não fariam com a de outras. E também suas estratégias de sobrevivência, que incluíam o vinho tinto como ansiolítico, o humor ácido e a crítica direta a qualquer um que cruzasse seu caminho. Ter marido e dinheiro ajudou, sem dúvida, do ponto de vista estrutural. Teve acesso a quartos particulares e a contatos que facilitaram os tratamentos experimentais. Tudo isso prolongou sua vida, provavelmente.

Minha mãe, ao contrário da maioria das mulheres doentes, não teve de enfrentar a obrigação do trabalho com a experiência temporal da doença. Durante dez anos dormiu e comeu o que quis, passeou, saiu para beber e fez viagens com as amigas. No fim, foi-lhe concedida uma incapacidade completa, mas apenas nos últimos anos. Tinha marido, sim. Uma renda fixa que veio da sua dedicação total e exclusiva à família e de um divórcio insuportável. Teve julgamentos. E passou a doença acossada por um pensamento obsessivo em torno aos conflitos com meu pai: estar casada prolonga a vida?

Uma amiga me contou que em Londres, na Escola de Enfermagem, sus alunes são preparades para contar com o fato de que a maioria das mulheres com câncer de mama vai perder seu par durante a doença. Ficar solteira durante a doença é algo que acontece regularmente com as mulheres. Seus parceiros simplesmente não aguentam. A fantasia da mulher feminina desmorona e vai perdendo suas características com a mastectomia e a quimioterapia. Passa a ser a ideia viva da morte compartilhando uma cama, contorcendo-se de angústia ao seu lado depois de um diagnóstico difícil. Não sabem dormir ao lado de uma mulher capaz de imaginar a própria morte sem ser fantasiosa. Eles acreditam que o espírito da morte é algo que pode subir pelos lençóis e entrar bem dentro dos seus corpos, que ainda são puros, ainda saudáveis.

Talvez o pior de tudo não seja isso, e sim a fantasia cultural que nos faz entender o câncer como uma luta que pode terminar com uma atuação heroica por parte da paciente e da sua família. Um momento de crise, uma resposta épica e um restabelecimento da normalidade. Mas os tratamentos contra um câncer avançado deixam sequelas para toda a vida, e não há relato que romantize a longo prazo como é viver com elas. Quando uma paciente com câncer não morre, mas sua vida depende de tratamentos médicos e seus efeitos colaterais, sua existência entra numa dimensão incompreensível para os outros.

Durante os primeiros anos, há o medo de que ela morra, um medo que gera um luto, uma preparação para as piores notícias. Quando isso não acontece, parece que damos como certo que não acontecerá mais; no entanto, a pessoa que amávamos não existe como era, não voltou a ser a mesma depois do trauma da doença e da transformação física causada pelos tratamentos. Na nossa imaginação, seu corpo vivo ocupa simbolicamente o lugar do zumbi, preso num ponto incômodo entre a vida e a morte.

Não temos nem ideia de que tudo isso também é o câncer, não estamos preparados, e aqueles de nós que acompanham as doentes são muitas vezes um fardo para elas; nosso desconhecimento da doença e seus processos a longo prazo, nosso despreparo emocional acrescentam mais uma dificuldade ao dia a dia delas. Não julguei minha mãe por ser "uma doente ruim"? Não pensei que eu mesma teria feito diferente? Me escandalizava que ela não parasse de fumar, que bebesse diariamente, que não comesse orgânicos nem estudasse listas de alimentos e suplementos antioxidantes. Enquanto minha mãe sofria de uma metástase supostamente mantida à distância por drogas que destruíam seu sistema digestivo, eu insistia para que ela tentasse neutralizar um pouco os efeitos do tratamento tomando probióticos. E ela estava cansada, muito cansada, da medicina, do abacate e dos egos alheios.

Mamãe, eu sei que era isso que você queria que eu escrevesse quando você disse com raiva: "Não se deve ser covarde", e depois tampouco você se atrevia a chamar as coisas pelo seu nome.

Não vi minha mãe chorar antes de morrer. Eu a vi irritada, raivosa, cansada. Só por um segundo, no primeiro contato em nosso último encontro, é que eu achei que via o medo nos olhos dela, o reconhecimento do que estava acontecendo. Quando a mudei de posição na cama, pareceu-me que um lampejo de terror no seu gesto, olhando-me nos olhos, confirmava isso. Talvez esse gesto falasse da dor, e não da morte.

Não é a doença o que mais ulcera o ânimo, mas o diagnóstico que irrompe na história que escrevemos sobre nós mesmas para preenchê-la de significados indesejáveis. Câncer. Ela nunca imaginou para si mesma essa palavra cheia de metáforas de desgraça e fracasso. Ela não queria ser doente.

Não chorou comigo antes de morrer, mas eu me lembro dela chorando de raiva e exaustão depois do seu primeiro diagnóstico. Nada do que acontecia tinha a ver com sua vontade ou sua imaginação.

Pedi-lhe que escrevesse tudo, disse-lhe que a ajudaria a sentir-se melhor e que eu faria um livro mais tarde. Ela escreveu por um tempo e depois se desfez de tudo. Disse-me que tinha escrito coisas horríveis que seriam inúteis de ler. Agora, sou grata por não ter de enfrentar esses papéis.

Estou no arquivo da escritora Maria-Mercè Marçal, na Biblioteca da Catalunha. Consulto seus escritos desde o diagnóstico do câncer de mama até sua morte, em 1998. Numa das suas entradas no diário, ela escreve que espera ter tempo para destruir muitos documentos, que é típico dos escritores escrever sobre o conflito, as experiências negativas e que, no momento atual, só sente amor pelas pessoas sobre as quais escreveu duramente. Mamãe pode ter sentido o mesmo. Soube que não deveria ler certas coisas, porque a irrevogabilidade da morte torna insuportáveis relatos que não seriam tão insuportáveis na vida. Meu pensamento então era adolescente, me via capaz de entender tudo, com imparcialidade, não como filha, mas a partir da literatura ou do pensamento. Mais uma vez me equivocava, e você sabia bem, mamãe.

Mamãe disse que era eu quem tinha de escrever. Ela tinha a mim.

Estou escrita por ela e pelo meu desejo.

Depois do diagnóstico, iniciei um luto que durou até sua morte: a perda de uma mãe imortal. O luto de agora é diferente. O luto em vida também foi feito por ela. Um diagnóstico destrói qualquer autoimagem e identidade própria. Meu primeiro luto foi o da criança dependente que perde a mãe, que fica sem seus cuidados. Hoje vivo o da adulta que perde uma mãe que não podia mais cuidar dela, que não podia mais salvá-la.

Pergunto-me se ela também deixou de ser mãe quando a converteram em doente. Aceitou minha independência para evitar a dor de sentir que ainda tinha coisas para me dar. Que eu precisava delas. Durante dez anos, muitas vezes senti que me faltou uma mãe compreensiva, capaz de ter empatia com meu medo e minha dor.

Recebo uma mensagem da minha avó dizendo que hoje faz dois meses que estamos sem mamãe. Dois meses. Não é nada.

Chego da universidade com a sensação de ter dado uma aula de merda. Há algo na idealização do que deve ser uma aula universitária que me impossibilita ser uma boa professora. Procuro falar sobre subjetividade, imaginação, liberdade na hora de pesquisar e definir seus temas de pesquisa. Eu lhes digo que estão no quarto ano e que é hora de projetar a própria carreira, de se apropriar das conversas, dos temas. Mas ultimamente não consigo encontrar nenhuma emoção, apenas cansaço.

Qualquer interpretação da realidade é subjetiva, depende do dia e do sonho que se tem. Digo isso a mim mesma quando já descobri que minha sensação de tragédia é diretamente proporcional à falta de uma noite de descanso.

Quase consegui me convencer de que essa sensação de fracasso é contextual, quando, ao me sentar no banheiro, encontro outra parcela de realidade que tinha tentado ignorar por falta de tempo ou energia dramática. Bem *agora* vai me aparecer um novo território de angústia? E tem de aparecer no meu próprio corpo? Para que eu não possa me livrar do problema, nem reprimi-lo nem negá-lo.

É com terror que volto a examinar a pinta escura e saliente da virilha esquerda. Há dias eu a sinto quando ando, porque desde que a olhei pela primeira vez, percebendo sua existência, toquei-a tanto que a transformei na superfície mais sensível de toda a minha pele. Já a toquei quando estava sozinha, também na biblioteca e na fila do pão. Toquei-a com dissimulação e sem dissimulação, aproveitando o espaço livre das calças que começam a ficar grandes em mim por causa da montanha-russa emocional em que vivo. Eu esperava que algum fenômeno a fizesse desaparecer, mas a pinta ainda está lá. Procuro enxergar mudanças, um crescimento exponencial, a crônica de um câncer de pele anunciado.

Ao olhá-la, parece crescer diante dos meus olhos, posso até ver sua extensão futura, como seria ao transbordar da virilha para o meu sexo, eu toda escura e invadida por uma substância pegajosa e monstruosa, semelhante ao piche que cobria as costas do norte e envenenava cruelmente seus pássaros quando eu era criança. Não há alternativa, preciso de uma opinião externa, que alguém além de mim avalie isso. D. está sentada na sua mesa de trabalho, em frente ao computador, com seus fones de ouvido que abafam ruídos externos. Para que ela me ouça, sem me levantar do vaso sanitário, eu teria de gritar, mas não quero gritar, então só falo *muito* alto.

"Você poderia, por favor, me ajudar com uma coisa? VOCÊ PODERIA, POR FAVOR, ME AJUDAR COM UMA COISA?"

Ela leva uns cinco minutos para atravessar a distância de três metros entre sua mesa e o banheiro. Nesses minutos eu tenho tempo de sobra para pensar que ela não vai vir, que não pode nem quer me ajudar. Depois vejo sua cabeça com um fone de ouvido posto e o outro balançando. Peço que ela dê uma "olhadinha" na pinta, que está com uma aparência horrível. Eu me justifico, tentei não me preocupar, mas... O que ela vê?

– Sim, uma pinta. – Acho a resposta totalmente insuficiente.

– Que tipo de pinta?

– Não sei, já conversamos sobre isto muitas vezes, se te ajudar a ficar mais tranquila, você tem que ir ao médico.

Em mim, a dúvida sobre a doença é sempre a dúvida sobre a rejeição. Sobre a perda do amor.

– Você me amaria da mesma forma se toda a minha pele estivesse coberta por uma pinta gigante?

– Sim.

– Tem certeza?

– Sim, você seria uma pinta gigante muito fofa, eu gosto de meninas diferentes. Além disso, se ela te cobrisse completamente, o bronzeado da sua pele subiria em dois tons, você ficaria mais sexy.

Eu agradeço, era o que precisava ouvir. Sei que sou uma pessoa insuportável. Por que ela quer morar comigo? Eu sou provavelmente a pior colega de apartamento de todos os tempos, porque namorada está claro que não sou.

– Não, você não é namorada, mas como colega de apartamento não está nada mal. É bem divertida.

Passo o resto da tarde tentando fingir que há uma realidade ao meu redor além do medo profundo de um diagnóstico. A pele da minha virilha queima, torna-se uma antena supersensível capaz de captar os fios de algodão da minha roupa interior, o grau de umidade da casa, o calor. Nesse estado de sensibilidade, de preocupação com a doença, a percepção do próprio corpo expande seus limites e é possível sentir o interior, os órgãos, esse reverso negado à experiência. Devido à natureza excepcional desse tipo de sensação, é difícil saber se o contato é real ou alucinatório, se vem desse lugar ou de outro. Não sei ao certo a disposição das células na carne escura da pinta porque não as vejo, mas posso intuí-las. Também sinto o vértice onde a pinta, através de raízes, se conecta com os nervos, e é através deles que um chicote de eletricidade desce até minha perna. Não parece misticismo ou magia, mas pura matéria se expressando. No medo do corpo tenho contato em todos os lugares, posso sentir tudo, sou uma mão enervada sobre uma superfície ardente.

Para controlar a ansiedade, tomo um banho quente que relaxa meus músculos e entorpece minha mente. Não há consolo comparável a entrar em água fria ou água quente. Na água quente a vontade relaxa, eu desapareço; enquanto na água fria há uma contração que renova a disposição de cada parte do corpo de continuar colaborando na sobrevivência. Sob a água do chuveiro, a vista fica embaçada e transforma a paisagem num borrão, de modo que não posso olhar para a pinta em detalhes. Sua cor se funde sob o vapor com o bronzeado do resto da coxa, que ainda sobrevive no inverno.

Toco as paredes de mosaico quadrado, pequeno e azul. O toque sem visão nos converte num material contínuo que se relaciona com o mundo de forma selvagem, sem ordem ou harmonia. Ao apagar o olhar, os limites se tornam indefinidos.

Acho que a única revolução "cultural" que imagino possível é aquela que ocorra no contato, através de uma reconfiguração dos nossos modos de experimentá-lo. Talvez um dia recuperemos o direito ao contato e o retiremos da lógica moral do Ocidente e das nossas sociedades, que o direcionam para os limites produtivos da maternidade e do casal. Uma mão que, fora desses espaços, repousa suavemente sobre o corpo do outro para conhecê-lo, e comunicar-se, revoluciona o estado das coisas. Tocar nos transforma, mas aquela mão capaz de nos levar a um lugar que ainda não conhecemos muitas vezes é expelida por uma série de perguntas: O que você está procurando? Está me tocando conscientemente? Há uma intenção sexual nesse gesto? Se eu aceitar essa mão, como isso me compromete? A que me compromete?

Sob nenhuma circunstância o contato pode existir como um fim em si mesmo.

Produtividade, propósito, futuro… a interpretação heterossexual do mundo: tocar leva ao sexo e à criança, ou tocar leva ao sexo já acordado sem vínculo, um uso do outro como objeto, um meio de valor social ou satisfação. Mas meu desejo de tocar e ser tocada nunca termina. É só na temporalidade da escrita e do toque que sou capaz de dizer, de ser sincera.

Só confio naqueles que ficam muito próximos e me tocam, porque quem chega tão perto não tem medo, como eu, do meu corpo, da dura evidência de sua materialidade, do caos da sua materialidade, de todo o acaso contido.

Durmo sobre a virilha onde a pinta não está. Passo a noite virada de lado na cama, sobre a coxa oposta ao lugar do meu medo.

A área da pele estava sensível quando a pinta estava lá, doía terrivelmente quando a removeram e permaneceu sensível depois. Esperei três horas no pronto-socorro até ser transferida para a dermatologia, e a médica, não sei se por critérios próprios ou influenciada pelo meu nervosismo, resolveu retirá-la. Sozinha na sala de espera. Sozinha na maca. Como minha mãe durante anos, quando ia ao hospital todos os meses para o seu tratamento sem ninguém para se distrair, com quem criar outro mundo diferente do dos doentes e suas doenças.

Já se passaram duas semanas, ainda sinto a pele sensível na região. Justo quando esperava um silêncio da carne, observo com aflição que nada acaba, a pele continua a se expressar e o estado de suspeita retorna. Será que era maligna e suas raízes maléficas ficaram dentro de mim? O estado de suspeita é a única coisa que não posso tolerar, o pânico paralisante que o acompanha.

Volto a pensar em mamãe, no senso de responsabilidade dela. Se houver alguma possibilidade de cuidar depois da morte, ela estará cuidando de mim, tomará isso como uma tarefa básica.

Mamãe nunca me consolou do medo da doença porque ela a sofria e eu a projetava. Ela me chamava de hipocondríaca e me repreendia: se ela conseguia administrar as próprias coisas com calma, por que eu deveria andar de drama em drama o dia todo? Desde seu diagnóstico, quando eu tinha dezoito anos, a suas sucessivas recaídas, não pude deixar de integrar no meu corpo alguma experiência do outro corpo amado que havia sido vulnerável. Ela, a todo-poderosa. Nunca me consolou porque não havia razão nem lhe interessava o consolo, e sim a gestão prática do que existe. Aconteça o que acontecer, eu só tenho de fazer o que ela fez, ser prática, seguir os passos, fazer o que precisa ser feito até que não haja mais nada a fazer. Dormir.

Mas não durmo tão bem como minha mãe, não durmo se não adormecer ao lado do corpo quente de D., que descansa por inteiro, que vive sem urgência, que abre um livro à luz da mesa de cabeceira.

Repito para mim mesma que mamãe cumprirá sua função; que, se houver uma maneira de ser mãe depois que morrer, ela certamente será, cuidará de mim à sua maneira, sem contemplação, sem frescuras, com justiça, com precisão.

Estou com medo, mamãe, estou com medo.

OITO

Se o que estou escrevendo fosse um romance, eu pensaria que o que está por vir é uma virada desnecessária na escrita, dramática demais, maneirista: D. e eu trancadas juntas por pelo menos quinze dias no pequeno apartamento, junto a um mar do qual não podemos nos aproximar. Há algumas semanas, escrevia sobre as normas sociais que regulam os usos do toque em nosso dia a dia, sob as condições de "normalidade" de uma dada sociedade. Hoje fecharam a praia, esvaziaram as ruas e, da janela, ouvimos as patrulhas policiais informando aos transeuntes que não estão mais livres para sair a torto e a direito, sem objetivo nem rumo.

Depois de uma vida de suposta liberdade, surge um vírus e a guinada conservadora, como em toda crise. Pessoas confinadas com suas famílias, e não com suas amigas, confinamento em torno da lógica da habitação: a do casal ou a dos pais. Se isso tivesse acontecido comigo em Londres, eu poderia ter estado confinada num apartamento compartilhado com alguma pessoa amada e outra estranha. Ou talvez minhas amigas e eu tivéssemos conseguido ficar juntas, administrar as casas para estarmos juntas. A realidade é que hoje cada um se organiza junto ao corpo com o qual dorme mais frequentemente.

Não sei o que penso de nós, as que nos amamos. Anna ficou sozinha aqui em Barcelona. Ela me manda uma foto na sala com um copo de cerveja e os livros com os quais prepara as aulas de Língua do colégio para ministrá-las online. Está triste, gostaria de ter segurado a mão de um amor enquanto ainda era possível se encontrar nas ruas sem infringir a lei. Mas seu amor tem uma parceira com quem passar o confinamento; e nós, aquelas de nós que quisemos viver de outra forma a amizade e o desejo, voltamos aos nossos ninhos, fechamos as portas. Voltamos à unidade familiar e ao medo. Como um boi que nunca aprendeu a correr busca seu jugo: em estado de crise, voltamos novamente à tábua de salvação familiar, aos sonhos de conforto dos nossos pais, das nossas mães, de qualquer outra pessoa.

D. e eu estamos confinadas num apartamento de trinta metros quadrados, que é a medida da pobreza neste bairro de pescadores. Aqui a precariedade e o privilégio se confundem: algumas de nós somos jovens artistas e estrangeiras que vêm de outros países europeus, para quem o apartamento em frente à praia, com seu ambiente tradicional salpicado de turismo, é um luxo. Sempre me consolou o mar atrás da porta, um mar amplo e acessível, não como agora, fechado atrás de uma fita policial.

Às oito da noite, no confinamento, ouço os aplausos, cheios de energia reprimida da vontade de sair, correr, estar nos calçadões, ir à academia ou ao bar. Ouço as vozes exaltadas e roucas de homens jovens e confesso que por um momento me assusto; fico apreensiva com seus corpos encerrados, a energia e o desejo de território.

Sei que sou incapaz de dividir trinta metros quadrados com as vozes dos homens que ouço, e que agora gritam na varanda: “Que tédio!”, e gritam de novo: “Que tédio!”, para enfim fazerem o que faço através da escrita: desesperadamente iniciar uma conversa, existir para alguém do outro lado, liberar os desejos, existir.

Passamos várias noites projetando, na parede, fotos de cachorros. Os pet shops fecharam e eles foram deixados nas suas jaulas, alimentados apenas uma vez por dia. Tento convencê-la de que, como este confinamento se arrasta, é o melhor momento para acompanhar um cachorro durante o processo de adaptação à sua nova casa. Em Londres, costumávamos perseguir cães pequenos ao redor do London Fields Park, até que seus donos se viravam e nos olhavam irritados. Tentamos fazer com que D. os estudasse de perto, para avaliar se realmente queria conviver com um. Eu, da minha parte, já tinha meu relógio biológico ligado havia alguns anos, desejando companhia não humana. Queria um tipo de ternura que fosse de acesso fácil, imediato e constante. Acima de tudo, eu estava procurando um vínculo sem julgamentos, onde meu toque e comportamento importassem, mas não minha imagem ou minhas posses. Uma ternura sem amantes, sem filhos.

Visitamos o pet shop duas vezes. É um lugar horrível. Um grande armazém de jaulas e ansiedade onde as pessoas vão entrando e os animais vão saindo. Ninguém pergunta a essas pessoas quem elas são, ou o que vão fazer com eles. No primeiro dia voltamos para casa abaladas e sozinhas, depois de ver dois meninos levarem um cachorro de raça com uma perna quebrada. Tinham colocado uma bolinha preta assustada nos meus braços, com remelas e eczema na pele das orelhas. A única fêmea de pequeno porte, para podermos viajar de avião juntas.

D. e eu concordamos. Não deveríamos participar de algo assim nem dar a eles nosso dinheiro. Mas naquela noite eu não prego os olhos e na manhã seguinte ligo para o pet shop. "Fechado permanentemente. Não é mais legal exercer tais atividades." A bolinha preta me espera com suas remelas verdes em alguma jaula que não será aberta por muitos dias. Ofereço dinheiro vivo ao dono, sair correndo de carro, ir até a porta, fazer a troca. A voz aceita.

D., não muito convencida, vai buscar o carro dos pais e dirige, nervosa, até lá. "Vai se chamar Pan", diz ela. Ou nada feito.

Qualquer nome. Qualquer um é perfeito.

Pan passa a tarde feito uma bolinha numa almofada listrada de laranja e branco. Não quer comer nem beber, mas também não chora e se deixa acariciar. Tudo cheira à ração de cachorro, um cheiro que me emociona e me lembra Chufa. Assim que chegou em casa, mamãe a tocava com luvas de plástico, apenas a patinha, com algum escrúpulo. Depois, acabou sendo seu principal vínculo com o mundo. Chufa sabia bem que, embora fosse muito rígida com a proibição de entrar na sala e nos quartos, mamãe era a única confiável quando se tratava de manter seu horário de refeições e de passeios na rua.

É a primeira vez que estamos juntas sem termos escolhido.

Para não nos perturbarmos nesta pequena toca, sem varanda e com as janelinhas minúsculas protegidas por grades, D. e eu quase não trocamos uma palavra. Mesmo quando dormimos, mesmo estando na mesma cama, D. e eu deixamos o que corresponde a um terceiro corpo de distância entre as duas. Hoje a cachorra dorme nesse buraco.

Quando acordo, sinto cheiro de torrada, banana e café quentinho. D. está no meio da sala com um cobertor sobre a cabeça e Pan bem segura em seus braços. Gira sobre si mesma e, dançando, canta para ela: "Foi você o sonho bonito que eu sonheeeeeei".

Uma música de Laurie Anderson diz: "*I walk accompanied by ghosts*". Ando acompanhada de fantasmas. Nada mais acertado para este momento. Estive tão isolada do mundo que o confinamento parece pouco mais do que uma perversa continuação do meu estado anterior. Vou às compras de novo e de novo. Dentro do mercado da Barceloneta eu caminho como um autômato, com as roupas amarfanhadas e, com certeza, cheirando a mofo. Escuto as conversas das pessoas e tento me concentrar para não voltar ao meu silêncio, atormentado por conversas com pessoas que já não existem. *I walk accompanied by ghosts.*

No Natal, pensei por um segundo ter visto minha mãe na fila do supermercado. O cabelo da mulher se assemelhava ao que ela usava há alguns anos, quando o recuperou depois da quimioterapia. Meu corpo virou de repente, como um cachorro que acha que reconheceu sua melhor amiga numa figura que atravessa a rua.

Imagino que quando vou às compras encontro Ela. Imagino que, pela emoção violenta, abro a boca e ponho a mão no peito, tentando segurá-lo. Esses gestos teatralizados são a única coisa que existe na paralisia total de quem ama no vazio. De quem ama uma lembrança. Amar de memória é alucinação. Algo muito parecido com a escrita.

Mantenho uma rotina "normal" de jovem professora confinada, mas meu interior é insondável. Há certo prazer em escrever uma frase tão sonora e afetada como essa. Insondável, a paisagem das minhas profundezas não é acessível aos outros, o que sinto não pode ser representado. Não pode ou não deve ser representado? Não quero causar mais dor. No Instagram de uma conhecida, Ela aparece em uma fotografia, o rosto com uma dura expressão de tristeza. Embaixo, as palavras "*lonely days*". Foi tirada antes do confinamento, nos dias que passei no hotel, esperando-a.

Será que Ela pensa em mim também, trancada em algum lugar?

Como isso aconteceu?

Depois de um tempo sem fazer isso, procuro o Instagram dela; meses atrás, bloqueei notificações e stories, mas só depois da espera no hotel foi que consegui não visitar seu perfil todos os dias. Nos últimos meses, Ela subiu muito pouco conteúdo, mas pela última imagem, uma grande sala de estar com uma lareira no centro e gravuras de arte nas paredes, confirmo que sua vida ainda é estranhamente familiar para mim. Ela se isolou na casa da mãe, aquela onde passamos a primeira noite juntas. Deve estar bem lá, terá o sol, o jardim ao seu redor e depois o campo aberto, onde quando criança se encontrava com uma amiga para beijá-la entre os juncos – era junco ou milharal? A verdade já não me importa na memória. Não tem importância respeitar o relato, ele empalidece depois que Ela interrompeu a conversa.

Volto meses em suas fotos no Instagram. Estendo a mão para tocá-la e quebro o quadro com os dedos. Passo a mão devagar sobre a pele que está começando a esfriar. Aqui Ela está com as coxas bronzeadas da viagem a Mallorca, usa uma camisa listrada azul e branca.

Ela está nua numa cama grande e desarrumada, com as pernas definidas em cada pequeno músculo até culminarem num tornozelo apoiado no outro. A curva suave das costas, seus cabelos loiros curtos caindo nos olhos verdes, fortes e abertos. "Gostou dessa foto?", pergunta. "E se eu me virar, me mexer, ficar assim?" Move os ombros e rola para o lado, deslocando seu peso. No movimento, Ela ri e me olha de novo. É capaz de imaginar o quadro da cena que oferece e que eu observo a poucos metros de distância. Deitada nua, Ela pode se mover em frente à câmera e imaginar seu olho, seu desejo. Meu olho, meu desejo. Agora, com a barriga apoiada nos lençóis, os cotovelos cravados nos lençóis e os braços segurando a cabeça, Ela se diverte com os efeitos da sua atuação.

Constrói para nós uma fantasia perfeita, assim como nos filmes? – assim como nos filmes –, mas muito melhor, porque a espectadora que observa, no caso, eu, é benevolente, não precisa ser seduzida do zero, já está apaixonada e agrega o valor do seu amor ao corpo que observa. Não há ambiguidade no valor cultural desse nu, um nu que a sociedade escolhe dia após dia como seu ideal. Eu encontro isso nela, mas Ela vê isso em si mesma? Será que alguma vez vemos isso em nós mesmas, mesmo que consigamos encarná-lo por um curto período de tempo? Ela deitada, quando brinca com as imagens, quando me chama para ser olhada, representa a juventude, a sexualidade desperta que busca, o desconhecimento da partida à qual no entanto se entrega.

Cada uma dá a fantasia para a outra, porque, sim, no olhar dela há um sinal de que eu também estou na tela, eu atuo para Ela, dando acesso à visão que nunca lhe pertenceu de acordo com a lei da sua cultura. Nós nos damos um poder que não nos foi dado. Entregamos o troféu nas nossas mãos. A abundância da nudez.

O corpo de "mulher" desobedece à ideia do que é ser "mulher" ao desejar a outra, seduzi-la. Sendo uma mulher e também um menino que sai à rua com um gorro de lã e a calça jeans rasgada. E eu a desejo ali onde a jovem e o menino se misturam, onde Ela tira o vestido e sobe na árvore enquanto eu a observo de baixo sem me atrever a subir.

A câmara escura da projeção, o cinematógrafo, é também um poço de angústia, camuflado por ervas daninhas que crescem ao seu redor e o margeiam. Com que confinamento fantasiamos agora? Nestes dias, que tristeza ou frustração há no estômago das mulheres educadas para serem requisitadas, para que seus corpos sejam esse espaço de provocação, de demanda sexual infinita por outro cujo desejo e potência nunca se esgotam?

Sem cume, sem conhecimento do limite, sem gozo, hoje retiramos nossos corpos, secretamente insatisfeitas, continuamos com nossas tarefas, menstruamos, ovulamos, o ciclo é estranho, não se encaixa com as leis deste mundo. E, ao mesmo tempo, impõe outra, mais forte, que é silenciada.

Encerrada na sua casa, hoje alguém chora pela frustração do seu desejo.

Um corpo que sempre recebe menos prazer, menos contato do que pode tomar. Inventamos outra capaz de nos satisfazer, o verbo elástico e o sexo preenchendo nosso sexo. Um sexo pode ser preenchido? Ou é apenas uma simbolização, o beco sem saída de uma ideia, um mito heterossexual que se repete? A mulher histérica é a mulher desejante que esquece seu desejo, aquela que não sabe como nem onde pode acudir para se saciar. Para saciar o quê? Não há nome nem signo para nomear aquilo que consegue nos preencher para sempre, através do tempo. Apesar de o poder inventar o falo, o falo é um símbolo, uma bandeira, não uma ferramenta, não tem status material. Sem materialidade, é uma ideia fraudulenta que fortalece a alucinação do vazio. Nosso sexo sonha com o vazio, alucina o vazio: alucina-se vazio, incompleto, constantemente negligenciado.

O imediatismo avassalador do corpo me isola. Como não posso sair, sinto o corpo o tempo todo, com delirante precisão. Ao mesmo tempo, sinto-me culpada por restringir minha ideia de realidade ao território do sensível. Por ser incapaz de imaginar planos para o futuro além da minha fome, da minha vontade de trepar, do meu medo das dores que se expressam de forma intermitente.

Retomo as consultas com a psicóloga, que eu tinha começado depois da morte da minha mãe e parei por pura preguiça de me ouvir falar sobre mim mesma. D. se alegra por eu ter procurado ajuda de alguém fora do círculo das minhas amigas. "Alguém que não te conheça, imparcial."

Quero que ela veja que eu faço um esforço, mesmo que minha posição seja ambivalente. Por um lado, é triste ter tido de escolher entre duas pessoas com as quais eu mantinha dois vínculos diferentes. Por outro lado, sinto que ela me julga por viver encadeando as paixões. Como se eu dependesse dessa intensidade. Espero que a psicóloga me entenda e me felicite por ter tratado meus excessos de cortisol com ocitocina, e não com ansiolíticos. Somente o toque ou as drogas podem afastar os efeitos de uma angústia acumulada. E os efeitos do toque regeneram um cérebro transformado pelo medo. Como a droga, também podem criar dependência.

Um mamífero deve se sentir culpado por precisar da pele das outras?

À mulher de uns quarenta anos e gesto amável, a quem pago para que me escute do outro lado da janelinha do Zoom, digo que costumava ter certeza das minhas teorias sobre amizade e amor, mas que, como elas não foram capazes de fazer ninguém feliz, agora suspeito que há algo de errado comigo. Nunca vou me adaptar ou conseguir ter uma vida estável e tranquila.

Sim, esse é o problema, e não tanto o protagonismo do corpo: não consigo acreditar nos sonhos do futuro que facilitam a estabilidade para a maioria das pessoas. Sou cética.

Falo-lhe do meu ceticismo em relação ao casamento em geral, especialmente ao casamento homossexual, pois situar o casal no centro implica de alguma forma a perda do valor da amizade como principal vínculo da vida.

"Mas que experiências você teve até agora?", questiona.

Aos vinte e oito anos, já me relacionei com várias mulheres. Belas relações de crescimento, aprendizado e cuidado mútuo, que um dia começaram com um desejo, uma forte atração sexual aliada a uma necessidade de conhecer mais da outra, de entender seu mistério, a causa misteriosa dessa afinidade. Depois de alguns meses – anos, em alguns casos –, em geral se tornaram uma amizade diferente, melhor. Como Anna, minhas antigas amantes são minhas amigas especiais, minha família. Dos meus relacionamentos aprendi a acreditar na amizade íntima entre mulheres como o modo de vida mais desejável. E eu achava que estava tudo bem, até que aconteceu a história com Ela.

Fico preocupada em ser egoísta. Destrutiva. De querer viver num constante momento de euforia. Não ser capaz das renúncias que um compromisso exige.

Depois de me ouvir por um tempo, a terapeuta, com um gesto num leve *delay* devido à conexão wi-fi ruim, pergunta: "O que é que te seduz na paixão inicial, quando você conhece alguém? E o que é que te faz continuar com D.?". São boas perguntas.

Suponho que se apaixonar é um estado de atenção, de criatividade, que revela oportunidades no mundo. Possibilidade de resultados lúdicos e prazerosos. Com todas as pessoas com quem estive antes de D., vi essa atitude criativa e sonhadora diminuir com o passar do tempo... Com D., no entanto, a criatividade é uma atitude em relação ao que é vital. A paixão não se restringe ao romântico. A criatividade dura para sempre.

"E não seria libertador pensar que, em vez de perseguir de forma compulsiva a euforia de um novo relacionamento, você está procurando uma vida onde haja contato e imaginação? Talvez você não seja tão boa nem tão ruim, mesmo que você queira as coisas do seu jeito, como todo mundo."

E o lance de não ser capaz de virar a página?

"Você tem o direito de não virar a página. É uma moda relativamente recente incentivar as pessoas a 'superar' o passado e mudar de vida. Por quantos anos uma mulher em luto usava preto? Antes nos forçavam a existir no que estava perdido, e agora nos obrigam a não olhar 'para trás'. Tenho certeza de que você já sabe a teoria, agora tem que desacelerar, dar um tempo e começar a acreditar nela."

Escuto um áudio da minha avó:

> "Alô, minha menina, tudo bem? Por aqui está tudo bem, com um tempo de verão... Ontem, principalmente; as vizinhas, nós quatro que temos terraço para o lado do parque, saímos e ficamos ali, cada uma na sua cadeira, conversando. Me conte as coisas, e a Pan? Já deve estar muito grande agora. Parece inacreditável que tanto tempo tenha passado. Nós nem vamos nos reconhecer quando nos virmos... Que bobagem, claro que sim. Às vezes penso: como é possível que tudo isso esteja acontecendo com a gente? As desgraças nunca vêm sozinhas, essa é que é a verdade. O que você anda fazendo? Você fala por telefone com suas amigas? Como está a Anna, que também ficou sozinha? Que pena que os pais dela estavam na casa da aldeia quando tudo aconteceu. Eu achei a D. muito bem na foto que você me mandou, ela está quase morena, como ela faz para sair, aí nessa casa, onde vocês não têm nem janela? Diga a ela para ter cuidado na rua, para pôr a máscara. E você também, querida, se cuide bem, não saia sem máscara se for às compras ou se aproximar de pessoas duvidosas, ha, ha, ha."

A voz pode atrair a memória de um cheiro. Minha avó costumava cheirar a Chanel N.º 5, a banheiro feminino com fixador para cabelo e a frascos pomposos de líquido escuro.

A sabonete Lagarto, com o qual lava os maiôs à mão depois de ir à piscina, e também a alho, sobretudo a alho, do preparo da carne que deixa dentro da geladeira para amolecer durante a noite, num recipiente cheio de leite. A identidade é sempre uma mistura de cheiros, dos que conhecemos a origem e dos que não conhecemos.

Termino o áudio e logo em seguida batem à porta. Acho que é mais um pacote de livros de filosofia em inglês, que continuo comprando com alguma culpa porque não são produtos de primeira necessidade. No fim das contas, eles são, sim, se eu pretendo apresentar essa tese de doutorado um dia, e no momento não existe modo algum ou horizonte possível para viajar a Londres ou visitar boas bibliotecas. Ponho a máscara, abro, e a entregadora me dá um retângulo de papel com uma imagem em preto e branco, um cartão-postal. Agradeço à mulher por trazê-lo até aqui e me pergunto quem é que tem disposição para mandar cartões-postais nestes dias.

A imagem mostra o exterior de uma casa moderna; o espaço aberto e branco tem um jardim atravessado por um único corredor, feito de tábuas de madeira, que leva a uma fonte retangular com uma única bica numa das extremidades. Não reconheço a caligrafia com que está escrito:

> Espero que estejam todas bem. Ouvi dizer que você adotou uma cadelinha, e o nome dela é Pan. Já te imaginei com ela correndo por essa paisagem. Com o confinamento, tive tempo para pensar em muitas coisas. Encontrei o cartão-postal numa caixa da minha mãe, cheia de papéis e fotografias, e achei que você ia gostar. Nada, foi só para te mandar um abraço, realmente espero que você esteja bem.

Viro o cartão-postal e vejo que do outro lado está escrito o endereço da casa da mãe dela, e sinto uma espécie de mordida, entre a surpresa e o vazio. Ela escreveu algumas vezes que espera que eu esteja bem. O que isso significa, depois de tanto tempo? Guardo-o num livro.

Da sala, D. pergunta sobre o envio:

"Um cartão-postal? Que sorte. Quem mandou?"

"Foi Ela..."

"Ah. E como Ela está, tudo bem? Sem vírus?"

"Bem. Sem vírus e sem novidades."

Acordo às oito sem precisar do alarme. Meu sono se torna leve a essa hora, a cachorra deve perceber e também acorda, mas hoje ela fazia um barulho gutural, e em poucos segundos percebi que estava vomitando. Pensei que talvez meus sonhos também a estivessem perturbando. Ou que, quando se é nova no mundo, o mundo nos decompõe, e você tem que ir calejando o estômago. Peguei-a nos braços e a aproximei da tigela de água.

Com as novas liberdades, de manhã é a hora de ir à praia. As pessoas ainda estão morrendo e, no entanto, os corpos sob o sol anseiam por alegria. Toda essa situação não impediu o desejo de vida daqueles que me rodeiam agora. Nem o meu, mas na pele que está começando a dourar há algo que se rompeu. Ao amanhecer, enquanto a cachorra vomitava, saí do sono para acordar com uma falta. Onde estava D.? Bem ao lado, longe o suficiente, ausente, na sua.

Na praia, imagino D. avançando pelo calçadão com suas roupas de corrida e se aproximando da areia, onde estou sentada, de frente para o mar. Ela vem sorrindo. O medo de repetir uma dor passada não interrompeu seu desejo de me encontrar. Esse gesto seria tão lindo... Vê-la avançar até aqui, no seu próprio ritmo. Estar diante do seu rosto, e talvez seus olhos se anuviem e sua boca se contraia. Ter a capacidade de emocioná-la com uma nova emoção.

Porque fora da casa que nos encerra, de repente podemos nos ver e nos escolher.

Com essa sensação, vou entrando na água. Não vai ficar tão fria no Mediterrâneo por muito tempo. Hoje ele se parece com o mar da minha infância, no qual eu costumava entrar com minha mãe, quando nadava atrás das suas braçadas ágeis, seus cabelos escuros atravessando as ondas verdes da costa cantábrica.

Neste mar tranquilo, não há correntes que desviem o sulco de nós que nadamos. Estou sozinha, ofuscada pelos raios de luz que se refletem da superfície. Minha vida nunca voltará a ser o que era, mas agora nada para mim um corpo minúsculo, preto também, alongado. Com patinhas curtas e fortes como as das lontras e um olhar de azeviche. Pan, que esperava na areia, entrou na água em meio aos gritos empolgados de um grupo de garotas que olham para ela encantadas. Tem quatro meses e duas semanas. É a primeira vez que ela nada na vida e a terceira que vê o mar. O medo de perder o que ama lhe deu coragem para chegar até aqui.

Deixo que a cachorra suba em mim, como se fosse uma ilhota ou uma jangada, mesmo que suas unhas se cravem na minha pele enquanto ela se agarra a mim. Cheira a pelo molhado, um cheiro ao qual eu não tinha acesso fazia muito tempo, e o sal pica meus braços arranhados. A realidade atravessa-me a cabeça com imagens vagamente possíveis: também seria bom pegar no novo corpo de D. como se fosse uma ilhota, uma jangada. Se ao menos o medo de perder o que ama lhe desse coragem para me olhar com olhos novos, ou com os velhos olhos novos que foram antes. Eu deixaria que ela subisse em mim… mesmo que com seu ímpeto abrisse sulcos nos meus braços e então o sal entrasse neles.

Há um antes e um depois do amor. Onde está o que se perdeu de nós duas? O que ficou com Ela? Ao se apaixonar, o vazio se expressa como algo muito cheio que acaba por transbordar. O vazio da desilusão é outro. O olhar cego da rejeição, alguém a quem decepcionamos olha com o desprezo do seu desinteresse.

D. não fala do que sente. Do que não sente. Nesse silêncio, ela espera que as coisas mudem. Não em mim, mas em si mesma.

Eu me curvo no chão como um réptil e me enrolo, sou uma cauda longa e macia ao redor dos seus calcanhares. Mudo de cor: para verde-brilhante, vermelho-escuro, amarelo. "*O que você quer de mim*?", pergunto ali debaixo, procurando no olho azul um vislumbre de interesse. Suspendo tudo o que tenho a dizer para cecear. Empurro o ventre anelado contra a lama agitada e as raízes nuas. "Eu posso fazer isso – se você realmente está aqui. O que você quer de mim?"

"Sara, você sabe que perdeu coisas. Então você procura. Vai dando braçadas. Sabe o que eu perdi? Acreditar que o amanhã pode ser o mesmo que hoje. Que hoje você está aqui e amanhã você estará. Isso é pedir demais, não é? O que se pode planejar com alguém que não acredita no futuro?"

Não sei como lhe explicar que, sem precisar acreditar no futuro, tenho esperança. A esperança pode ser uma coisa pequena.

Que eu respire tranquila. Ou que volte a poder escrever-lhe uma carta de amor. Sem que a carta se some às outras, que fui juntando e não obtive resposta. Poder escrever livremente uma carta sem medo de afugentar sua destinatária. Com liberdade. Não é uma alegria?

Vou dando braçadas, mas tenho as clavículas fortes, a perseverança da minha mãe e, *mesmo que você tenha duvidado, assim como minha mãe, eu também sou leal.* Não é fácil navegar comigo, mas se eu conseguir chegar ao porto vou atracar novamente com devoção. Eu já carrego o selo das descendentes da catástrofe, não vou viver enganada, não vou te pedir sucesso nem vou te amar pelo que você não é, pode ter certeza disso. A ferida me respalda, o que eu dou é total.

NOVE

Achei que mamãe caberia bem na mochila bege que costumo usar para levar meu computador à biblioteca. É a mais resistente que eu tenho e também a mais protegida. Ponho minha máscara azul e atravesso as poucas ruas que levam do meu apartamento alugado em Gijón até a casa da minha avó. Anna e D. decidiram começar as férias de verão aqui, comigo, para me acompanhar num estranho regresso onde terei de enfrentar todos aqueles procedimentos dos quais o vírus me manteve isolada. Há algumas horas saíram para jogar futebol na praia e agora devem estar tomando cerveja em alguma calçada. Nos momentos fundamentais, sempre me sinto muito só. Ou talvez seja a solidão que me permite sentir.

Ao levantá-la do chão, mamãe pesa o mesmo que um bebê já crescido. Coloco-a na mochila e a carrego nas costas. Percebo as feições emocionadas da minha avó no final do corredor, atrás da porta aberta a três metros preventivos de distância. Minha avó observa a neta, com o rosto coberto por uma máscara azul, pegar no chão o saco que ela mesma deixou há poucos minutos na porta. É um saco plástico vermelho qualquer, onde ela poderia ter guardado um par de chinelos molhados depois da praia ou um lanche para Gabriela, sua neta mais nova. Um objeto familiar e repetitivo que faz parte da vida desta casa, como familiar é também o que ele agora contém.

Minha avó, muito ereta, encostada na parede da antessala onde a árvore costuma ficar no Natal, observa sua neta mais velha, que sou eu, pegar o saco plástico vermelho que poderia conter o lanche, mas que, nesta noite excepcional, usando uma máscara azul, contém uma urna com sua primeira filha. Primogênita, María Teresa, bebê favorito nos braços da mãe de primeira viagem, agora transformada em cinzas e espalhada entre as cinzas de outras coisas – quase toda madeira, muita madeira da caixa –, materiais arbitrários que a acompanharam na morte e com os quais agora aparece misturada de forma quase irreversível.

Abraço minha avó com os olhos e sorrio sem perceber que, por causa da distância, o sorriso dos meus olhos não consegue alcançá-la. Não quero que ela se lembre com horror desse momento em que deveríamos estar juntas, passar a urna das mãos dela para as minhas, conversar na mesa da cozinha, beber uma taça de vinho. Mas três metros de separação às onze horas da noite com o saguão quase no escuro impede a transmissão do vírus e também impede que minha avó leia o carinho nos meus olhos, saiba que não estou angustiada, que estou aqui para recolher a mamãe e que estou feliz por encontrar seu corpo em partículas.

Colocada nas costas, seu peso parece mais leve. Está se aproximando da meia-noite, aceno com a mão do elevador e puxo minha máscara para abrir um grande sorriso. Mostro todos os dentes de longe, confiando que esse gesto será visto. Em seguida, caminho por uma cidade quase vazia, povoada por alguns rostos sem boca que caminham em direção ao seu destino cortando o espaço em linhas retas que nunca se cruzam.

Quando chego ao meu apartamento, hesito por um segundo. Dou alguns passos para trás, olho para o último andar e vejo que nenhuma das luzes está acesa. A cozinha está apagada e os quartos, a sala e o estúdio também. As meninas não voltaram, e eu me viro, andando em outra direção, para a praia.

Na mudança de planos, mamãe levou a melhor, a gente sai para passear num dia que não é para isso. Há prazer e alegria na aventura, porque nenhum dos rostos sem boca sabe disso, mas eu vou esta noite ao lado da minha mãe, carrego-a no meu corpo, com meus ossos e meus músculos, como se fosse eu mesma. Este passeio marítimo iluminado por lampiões, este sonho de gaivotas e mar negro cobrindo as algas e a rocha é nossa cidade.

Mamãe e eu a conhecemos bem, já pisamos no chão desse caminho juntas muitas vezes. Se a pedra tem memória, então certamente se lembra do bater dos nossos calcanhares, assim como nossas mãos se lembrariam do parapeito pintado de branco coberto de salitre. Nós duas pertencemos a esta cidade de pescadores que poderíamos percorrer às cegas, já sem força ou sem olhos. Para a cidade que a viu crescer e me viu nascer, nada nos separa, mamãe e eu sempre seremos dois animais que se moviam juntos, compartilharam uma língua, comeram e dormiram no mesmo lugar.

O que existiu por tanto tempo, com tanta perseverança, é o que ainda existe.

Às nove e meia de uma manhã do início de junho, a vida se mostra simples. Ali estão os caiaques azuis, vermelhos e amarelos, empilhados numa estrutura de ferro junto a uma parede de pedra caiada.

D. e eu carregamos primeiro um caiaque e depois o outro, situando-nos nas suas duas extremidades. Descemos a rampa e ladeamos a piscina para entrar na área das rochas onde está a segunda encosta que se comunica com o mar. Apenas um par de nadadores saiu e está tudo tranquilo, com a cafeteria fechada e os pardais repousando sobre os galhos dos tamarindos.

Este lugar foi nossa casa, a minha e a de mamãe, quase tanto quanto o pequeno apartamento no centro da cidade. No verão, todas as manhãs olhávamos pela janela para procurar o sol do norte, ambíguo e fugidio, e, quando havia uma promessa remota de calor, mamãe preparava sanduíches e saíamos para a rua, atravessávamos a praça da prefeitura e subíamos pelo Paseo del Muro em direção ao antigo bairro de Cimadevilla, passando em frente à igreja de San Lorenzo.

Em outros junhos como este, ela me buscava na saída do colégio das freiras com meu maiô na sua bolsa de praia, e me pegava, com meu uniforme de saia xadrez, para tomar sol. Se a luz fosse suficiente, corríamos para chegar até aqui, e, se esquentasse um pouquinho, era importante abandonar a toalha e entrar na água. Não havia por que se entorpecer ao sol sem provar o mar, mas sempre ou quase sempre ir à água, porque a sensação de saciedade corporal dependia do banho e também de ter aproveitado ao máximo o dia. O banho de água fresca, por vezes muito fresca, te deixava "como nova".

Com essas palavras, mamãe, morena e bonita, saía do Cantábrico escuro sorrindo para as pessoas e incentivando-as a entrar na água até chegar à sua esteira e se deixar cobrir por um chapéu de ráfia com uma fita preta.

Agora eu salto para a superfície de plástico, para a casca de noz flutuante, num biquíni de leopardo (sua estampa favorita de majestade da selva) que ela me deu no verão passado. Sinto-me forte e preparada, ágil na água e com os remos. Este é o mar de todos os meus verões, sei como antecipar as ondas e como navegar evitando as correntes. Ponho mamãe entre as pernas, mantenho o saco plástico vermelho onde minha avó a enfiou e depois, um pouco mais longe do clube e dos possíveis olhares, pego a urna. Singrando os mares, mamãe é o baú do tesouro e eu sou a garotinha que pode velejar com a fortuna ao seu lado, com a coragem, as joias e o ouro, tudo dela, por ter nascido filha de uma rainha.

D. rema ao meu lado na segunda embarcação enquanto contempla, do outro lado, a praia e a cidade. Um céu com gaivotas se alongando e um repique de sinos chamando à missa. Ela é um animal da água, sobe ao palco com alegria e com alegria me vê mover-me num terreno onde nunca me viu, remando ritmicamente e confiante, com gotículas me salpicando a cada golpe do remo. Na altura do local onde estamos, já ao lado da boia amarela, há distância suficiente da costa. Combinamos que D. ficaria no meio do caminho para me cobrir com o caiaque colocado em paralelo. Porque D. nos protege, do clube é difícil ver uma filha que abre a urna e começa a despejar um pó semelhante à areia de uma praia muito branca, só que mais leve.

Apoiada no canto do caiaque, ajudo minha mãe a voltar para o mar onde sempre nadamos juntas. A urna vazia que deixo cair é uma bolha de óleo que atravessa uma nuvem de cinzas suspensa perto da superfície. Enquanto a ilumina, o sol forma uma via láctea ou um cardume de peixinhos prateados. Eu gentilmente me lanço para fora do caiaque, atravesso o cardume, mergulho com os olhos abertos e nado com ele.

A água está salgada e fria, me encontra sorrindo, a contraluz da igreja e das rochas altas onde formam ninhos os caranguejos que esperam, em seus esconderijos, pela maré crescente. Nado com você e voltarei coberta. A água está perfeita, mamãe, exatamente como você gosta. Como você amava. As coisas não mudam tanto, algumas vão ficar para sempre.

Este livro foi composto com tipografia Adobe Garamond Pro e
impresso em papel Off-White 80 g/m² na Formato Artes Gráficas.